M

LAS AVENTURAS DE WONDER WOMAN en SUPER HERO HIGH

LISA YEE

montena

Las aventuras de Wonder Woman en Super Hero High

Título original: *Wonder Woman at Super Hero High*

Copyright © 2016, DC Comics
DC SUPER HERO GIRLS and all related characters and elements
© & ™ DC Comics and Warner Bros. Entertainment Inc.
DC LOGO: ™ & © DC Comics. WB SHIELD: ™ & © WBEI. (s16)
RHUS 37767

Primera edición en España: octubre de 2016
Primera edición en México: noviembre de 2016
Primera reimpresión: julio de 2017

Penguin Random House Grupo Editorial, S. A. U.
Travessera de Gràcia, 47-49, 08021, Barcelona

Edición en castellano para todo el mundo, excepto Cuba.
Penguin Random House Grupo Editorial, S. A. de C. V.
Blvd. Miguel de Cervantes Saavedra núm. 301, 1er piso,
colonia Granada, delegación Miguel Hidalgo, C. P. 11520,
Ciudad de México

www.megustaleer.com.mx

D. R. © 2016, Laura Martín de Dios, por la traducción

ISBN: 978-607-314-915-0

Impreso en México – *Printed in Mexico*

El papel utilizado para la impresión de este libro ha sido fabricado a partir de madera procedente
de bosques y plantaciones gestionadas con los más altos estándares ambientales, garantizando
una explotación de los recursos sostenible con el medio ambiente y beneficiosa para las personas.

Penguin
Random House
Grupo Editorial

A Jodi Reamer, una Super Hero Girl original

PRÓLOGO

No hacía ni tres semanas que había empezado el colegio y ya habían expulsado a alguien. Los rumores corrían a tal velocidad que, si te descuidabas, podías acabar con un tirón en el cuello intentando seguirlos cuando pasaban corriendo. Sin embargo, si alguien preguntaba a la directora Amanda Waller, más conocida como The Wall, acerca del asunto, la mujer se cruzaba de brazos, enarcaba una ceja y decía con su vozarrón intimidante: «¿Estás hablando... conmigo?».

Nunca una pregunta había producido tanto silencio. Los aspirantes a superhéroes de Super Hero High no eran tan valientes —o tan tontos— como para jugársela volviendo a preguntarle.

La noticia había generado tanto interés que incluso a los súpers más aplicados les costaba concentrarse. En la clase de Armamentística, el señor Fox había tenido que recurrir a lanzar bombas fétidas en el aula para que le prestaran atención. Si hubiesen expulsado a la ratera de Catwoman, a la fría Frost o incluso al escandaloso Cyborg, seguramente se habrían oído cosas como: «Ya, si es que se veía venir», «¿Cómo es que han tardado tanto?», «¿En serio? ¿No me digas? Ahora cuéntame algo que no supiera». Pero la expulsión de la callada y sencilla Mandy Bowin sólo provocó comentarios como: «¿Qué Mandy?».

Además de proceder de otra academia, Mandy tenía la audacia de ser bastante normalita en un colegio de alumnos aventajados y exageradamente competitivos. Sin superpoderes, sin un CI superior y sin —lo más importante de todo— una fuerte personalidad, era un milagro que la hubieran admitido. O quizá, como también se decía por ahí, se habían equivocado al aceptarla. Cosa que tenía bastante más sentido. Como era natural, la gente dejó de pensar en Mandy Bowin con la misma rapidez con que ella se había esfumado. Y enseguida, ya corría un nuevo rumor con el que obsesionarse: no importaba tanto quién había sido expulsado, sino el motivo que había detrás de su expulsión.

La teoría se le había ocurrido a Cheetah, y se extendió como la pólvora gracias a la tendencia de Harley Quinn al chismorreo, avivada en gran parte por el programa *¡Todo Harley a todas horas!*, de la HQTV, su nuevo canal de video de producción propia.

«No es que The Wall quisiera echar a Mandy —le susurró Cheetah a la cámara—, sino que quería que entrara cierta persona. Y como el número de matriculados estaba en su máximo histórico, pues, en fin..., *au revoir, Mandy!*»

Como solía ocurrir con muchos rumores que circulaban por internet, daba bastante igual que la teoría de Cheetah no tuviese ningún fundamento real..., la gente empezó a repetirla al instante como si fuera cierta, a pesar de que la mayoría de estudiantes sabía que no había un límite de matriculados en Super Hero High. Entonces, ¿era verdad o lo que ocurría era que Cheetah se aburría y ya volvía a hacer de las suyas? Era conocida por sus travesuras. Como la vez que se las había arreglado para que sonara una Campana de Salvación y así librarse de hacer un examen de historia de superhéroes.

A la mayoría de los alumnos todavía les quedaba bastante camino por recorrer hasta llegar a convertirse en los superhéroes que estaban destinados a ser. Aún no dominaban sus superpoderes por completo, y algunos no eran tan valientes como acabarían siéndolo en un futuro. Por desgracia, había quienes, además de valor, también carecían de conciencia. Pero el caso era que todo el mundo tenía algo que decir.

Según Cheetah, sólo había una persona por la que la directora Waller estaría dispuesta a saltarse los canales de admisión habituales. Las historias sobre las hazañas de aquella princesa guerrera adolescente eran legendarias. Como Bumblebee le había oído decir al Muro, era «un fichaje caído del cielo». Todos los colegios de la Tierra —e incluso unos cuantos de otros planetas— la querían.

Lo que nos lleva de vuelta a la expulsión. Cuando Mandy Bowin tuvo que irse a la fuerza, oyeron que le gritó a la directora: «¡Volveré!».

Nadie sabía si se trataba de una promesa o de una amenaza, pero lo más interesante de todo era que, si Cheetah tenía razón, la nueva incorporación estaba a punto de revolucionar la vida en Super Hero High.

PRIMERA PARTE

Wonder Woman estaba boquiabierta. Sabía que era algo impropio de una princesa guerrera y de la heredera del trono de las amazonas, pero tenía la cabeza en otra parte, en concreto en el video que estaba viendo en la computadora. Sin decírselo a su madre, había solicitado el código secreto para poder acceder a la grabación y, además, había enviado una carta por correo electrónico que, en parte, decía así:

Apreciada directora Amanda Waller,
Me llamo Wonder Woman y me gustaría entrar en el prestigioso colegio Super Hero High. Como he estudiado en casa toda mi vida, aquí, en Paradise Island, no dispongo del expediente académico necesario. Sin embargo, soy atlética, valiente y estoy dispuesta a lo que sea para hacer de éste un mundo mejor.

Wonder Woman estaba viendo el video de reclutamiento de Super Hero High cuando la interrumpió un mensaje urgente que empezó a parpadear en la pantalla de la computadora.

ALERTA MÁXIMA: ¡Aviso a todos los superhéroes próximos al triángulo de las bermudas! Una ola gigantesca se dirige hacia una embarcación turística estadounidense con alumnos de segundo en viaje de estudios.

Wonder Woman no necesitó oír nada más. Detuvo el video haciendo clic en «Pausa», cogió el Lazo de la Verdad y abandonó la habitación a toda prisa.

Su madre estaba redistribuyendo otra vez las rocas del jardín.

—¿Adónde vas? —preguntó.

—A salvar a unos niños de segundo —contestó Wonder Woman, que ya había despegado.

—¡Te quiero en casa para la cena! —gritó su madre, viendo como se alejaba.

Wonder Woman fue la primera en llegar al lugar donde se fraguaba la tragedia y vio como el muro de agua se cernía de manera amenazadora sobre los niños, a los que oía gritar. La embarcación empezó a bambolearse peligrosamente. Sin perder tiempo, sacó el Lazo de la Verdad. Sólo tenía una oportunidad para salvar a los estudiantes antes de que aquella ola gigantesca los aplastara con todo su peso e hiciera volcar la embarcación.

Wonder Woman levantó el brazo por encima de la cabeza y, con gran precisión, lanzó el lazo con fuerza. ¡En el blanco! Había rodeado el mástil. Con un movimiento rápido de muñeca, tiró del lazo, que se tensó alrededor del palo, y a continuación utilizó la cuerda para mantener derecha la embarcación mientras la ola gigantesca pasaba por debajo. Los niños la vitorearon.

—¡Gracias, jovencita! —gritó el profesor—. ¡Eres nuestra heroína!

Wonder Woman se sonrojó y se despidió con la mano antes de volver a casa. Si se daba prisa, podría acabar de ver el resto del video de reclutamiento antes de cenar.

De vuelta en casa, se inclinó sobre la computadora y miró el video con atención. Super Hero High era el instituto con el que siempre había soñado. El edificio, alto y reluciente, estaba rodeado de terrenos muy amplios, y contaba con lo último en tecnología, artefactos y armas alucinantes, para alumnos y cuerpo docente. También estaba la recientemente inaugurada Pista de Vuelo y el utilizadísimo hospital del campus. La inspiradora estatua de la Justicia del colegio era impresionante, pero aún lo era más la emblemática Amatista de Gemworld, que descansaba encima de la torre más alta del edificio y que, atravesando las nubes, hacía de baliza de bienvenida para los súpers voladores que se acercaban.

Además, algunas clases las daban superhéroes famosos que habían sido alumnos del colegio, y había un montón de clubes a los que apuntarse: Jugar con Venenos, Cocinar con Espadas y el popularísimo Club de Tejido. En cualquier caso, lo que realmente fascinaba a Wonder Woman eran los alumnos.

A Super Hero High acudían adolescentes de todo tipo, había algunos con varios superpoderes y también otros sin ninguno. En su mayoría, los colegios más exclusivos, como Interstellar Magnet, sólo admitían estudiantes con buenas notas, que hubieran obtenido una puntuación alta en las pruebas de admisión y con superpoderes que les vinieran de familia. Sin embargo, Super Hero High apuntaba más alto: no seleccionaba a los alumnos basándose en quiénes eran en ese momento, sino en quiénes llegarían a ser el día de mañana. Chicas, chicos, animales, insectos, alienígenas, robots, mutantes...; todos aparecían en el video. Se trataba de un colegio que ofrecía igualdad de oportunidades, algo que encajaba con el sentido de la justicia de Wonder Woman.

También se había fijado en que los alumnos parecían muy felices, sobre todo un terremoto de chica con coleta rubia que se las ingeniaba para aparecer en prácticamente todos los planos. Wonder Woman se imaginó haciendo amigos allí y notó que la invadía una agradable y cálida sensación, pero era una sensación que no tenía nada que ver con lo que sintió esa vez que una bola de fuego atómica le pasó por encima. No, la calidez que experimentaba ahora la hizo sonreír tanto por dentro como por fuera.

El video se acercaba a su fin, y el volumen de la música fue subiendo al tiempo que un grupo variado de alumnos y profesores se colocaba o revoloteaba detrás de la directora Waller, que en esos momentos decía: «Así que si quieren supercargar su educación —Wonder Woman asintió—, hacer superamigos —asintió de nuevo— y supercambiar las cosas —la chica volvió a asentir—, ¡les damos la bienvenida al colegio de superhéroes!».

A Wonder Woman se le hizo un nudo en la garganta y notó que las lágrimas estaban a punto de asomar a sus ojos cuando una potente voz femenina retumbó en sus oídos:

«¡Wonder Woman!»

¿Eh?

¿Quién la llamaba?

Era la computadora... Mejor dicho, era Amanda Waller desde la computadora. La directora había grabado un mensaje personal al final del video de reclutamiento.

Wonder Woman enderezó la espalda y se colocó bien la pequeña tiara dorada que adornaba su larga, abundante y negra melena.

—Sí, señora —contestó. Sabía que la directora Waller no podía oírla, pero la educación era lo primero.

La directora intentó sonreír, pero no encajaba nada con su expresión seria y sólo consiguió que pareciera que tenía una indigestión. Detrás de ella, Wonder Woman vio los premios al Agente del Año del Servicio Federal que colgaban de las paredes. Había leído muchos artículos sobre la directora de Super Hero High, quien, a pesar de no tener lo que solía considerarse como superpoderes, había conseguido mantener a raya el número de accidentados en el colegio, ganarse el respeto de sus alumnos y exigir siempre lo mejor a sus jóvenes superhéroes.

«Wonder Woman —dijo la directora Waller. Los anchos hombros ocupaban la mitad inferior de la pantalla de la computadora—. Hace mucho tiempo que te tengo echado el ojo, y creo que ha llegado el momento de que te unas a nosotros. Tienes potencial para convertirte en una de las mayores superheroínas de la historia, pero te falta formación como superhéroe. Ahí es donde entra Super Hero High. Quiero que lo pienses, pero también que prestes atención a lo que te dicte el corazón. Él te sabrá guiar mejor que nadie.»

—¿Qué estás viendo?

Wonder Woman volvió la cabeza con brusquedad.

—Estaba... Sólo estaba...

—Ya veo lo que hacías —dijo su madre, la reina guerrera, plantándose a su lado y mirando fijamente a su hija—. ¿Por qué quieres irte de Paradise Island?

Era una buena pregunta. Su hogar, una exuberante isla tropical, estaba rodeado por un mar turquesa tan azul que era imposible describirlo. Sus cálidas aguas besaban las playas doradas y las olas creaban ribetes blancos alrededor de la isla, como si fuera un regalo. Tal vez lo fuese. Unas colinas de suaves ondulaciones acogían majestuosos bosques verdes. Gráciles sauces blancos se mecían con elegancia con el viento..., pero, como suele ocurrir, nada era lo que parecía. Ni siquiera una sierra mecánica habría podido hacer mella en el sauce de aspecto más delicado, porque la isla, a pesar de ser un paraíso, era una fortaleza habitada únicamente por amazonas, mujeres guerreras.

En el centro de Paradise Island —también conocido como Themyscira—, un imponente templo griego se alzaba por encima de los árboles. Era allí donde Hippolyta, reina de las amazonas, vivía con su única hija.

—No es que quiera irme. —Wonder Woman no sabía cómo explicárselo a su madre—. Es que quiero visitar otros lugares. Quiero hacer de este planeta un mundo mucho mejor.

El silencio de su madre la puso nerviosa. Sabía que nunca hablaba antes de entrar en combate. ¿En eso iba a convertirse la conversación? ¿En un combate? Esperaba que no pasara de ser una simple discusión, pues siempre habían estado muy unidas.

—Madre, por favor —le suplicó—. Puedo aprender muchas cosas en Super Hero High. Todos los grandes super-héroes han ido a ese colegio.

—Yo no —apuntó Hippolyta.

—No era eso lo que quería decir —rectificó rápidamente Wonder Woman—. Es sólo que, en fin, nunca he salido de Paradise Island y...

Hippolyta dejó escapar un gran suspiro, de esos que las madres reservan para los hijos que tienen muchas cosas que explicar, pero que no se deciden a hacerlo.

—Mi queridísima hija —dijo con voz más suave—, naciste para liderar a los demás, tienes sangre real. Quédate aquí y algún día gobernarás Paradise Island y serás reina de las amazonas, como yo.

Esta vez fue Wonder Woman quien guardó silencio. Al final, inspiró profundamente y dijo:

—Madre, te quiero y te admiro, pero de mayor sólo quiero seguir siendo yo misma.

No había nada que Hippolyta amara más que a su hija, y como sabía muy bien cuánto deseaba conocer el mundo exterior, al final accedió a que se marchara. Pero antes quiso darle de un regalo.

—Estos brazaletes me han prestado un gran servicio durante años —dijo la reina, quitándoselos para dárselos a su hija—. Desviarán los misiles, las balas y cualquier otra arma con la que pretendan hacerte daño.

—Gracias —dijo Wonder Woman mientras admiraba los relucientes brazaletes metálicos que ahora ya adornaban sus brazos. De pequeña solía probárselos, pero siempre le iban grandes y se le resbalaban. Sin embargo, ese día, por primera vez, le quedaban perfectamente bien ajustados.

—Te estaré vigilando —le advirtió Hippolyta—. Serás

nuestra embajadora amazona y debes comportarte adecuadamente.

—Te lo prometo —le aseguró Wonder Woman. Se preguntó cómo era posible que se sintiera feliz y triste al mismo tiempo. Pese a todo, por mucho que fuese a echar de menos a su madre y a Paradise Island, su único hogar hasta ese momento, estaba emocionada con la nueva vida que le esperaba.

—Cariño, tienes sangre real y eres la princesa y heredera de esta isla de mujeres guerreras amazonas —empezó su madre, como si le leyera la mente—, pero no te retendré. Hija mía, quiero que sepas que, vayas donde vayas, siempre ocuparás un lugar de honor en mi corazón.

—Gracias, madre —contestó la joven, secándose las lágrimas de los ojos. Se preguntó si los brazaletes funcionaban de verdad, pues en ese instante parecían incapaces de repeler el dolor que le partía el corazón.

Se abrazaron y, antes de que su madre tuviera tiempo de cambiar de opinión respecto a dejarla marchar, Wonder Woman emprendió el camino, volando más rápido de lo que lo había hecho nunca. Hasta ese momento sólo se había alejado de Paradise Island el tiempo necesario para salvar vidas y hacer justicia en los alrededores, por lo que saboreó la sensación de libertad recién descubierta. Maravillada ante la gran extensión de tierra que iba dejando atrás, por debajo de ella, Wonder Woman escogió el camino más largo para atravesar medio mundo, aunque se detuvo en Rusia para redirigir un tornado; extinguió un incendio descontrolado en Australia y salvó a los koalas, y puso un poco de orden tras un desprendimiento de tierras en el monte Fuji. Sin embargo, antes de darse cuenta, se encontró ante algo que era perfecto tal como era.

El resplandor de la Amatista la condujo hasta su destino, y cuando Wonder Woman vio Super Hero High, supo, en el fondo de su ser, que aquel era su hogar.

Aunque no todo el mundo compartía la misma opinión.

CAPÍTULO 2

Wonder Woman había volado incansablemente desde que salió de Paradise Island, deteniéndose sólo en algunas ocasiones para echar una mano a alguien o comer un poco. Había cruzado mares serenos y océanos embravecidos, sobrevolado montañas y valles, dejado atrás las llanuras del Serengueti y recorrido la Gran Muralla china. Sin embargo, no había visto nada tan colosal, asombroso y aterrador como lo que tenía ahora mismo bajo ella.

El colegio.

Un timbre estruendoso dio comienzo a un caos coreografiado. Al instante, cientos de alumnos que habían estado pululando por allí fuera atravesaron las puertas del edificio en tropel. Cuando Wonder Woman aterrizó, sólo quedaban unos pocos rezagados.

—Disculpa —dijo a una chica envuelta en varias capas de tela forrada con piel sintética. Se fijó en la melena de color azul claro que le rozaba los hombros—. ¿Sabes dónde puedo encontrar a la directora Amanda Waller?

La joven la miró de arriba abajo y esbozó una sonrisilla al fijarse en el extraño traje de guerrera amazona de la recién llegada.

—¿Vienes de lejos? —preguntó. Sus ojos se detuvieron un momento en la pequeña tiara dorada con la estrella de rubí que adornaba la despeinada melena de Wonder Woman y luego se fijó en los relucientes brazaletes.

—¡Sí! Vengo de Paradise Island —contestó—. ¡Me llamo Wonder Woman!

—Frost —se presentó la chica, a la que era evidente que no había impresionado.

Wonder Woman sintió un repentino escalofrío. Frost se retiró el pelo hacia atrás y señaló el gigantesco edificio de ladrillos.

—Sube la escalera, atraviesa la puerta y ve a la derecha, luego gira a la izquierda, y después a la izquierda otra vez, luego de nuevo a la derecha y, finalmente, das media vuelta y vuelves a salir.

Wonder Woman parpadeó varias veces.

—¿Perdona?

—Era broma, sólo estaba bromeando —dijo Frost, volviéndose a retirar el pelo hacia atrás con un gesto exagerado y esbozando una sonrisa radiante—. Entra y pregunta a cualquiera.

—¡Eso haré! —contestó Wonder Woman, animada—. ¡Gracias!

—Me llamo Hawkgirl, ¿puedo ayudarte en algo? —preguntó la vigilante de pasillo. El esmero con que llevaba peinada la melena castaña era una señal inequívoca de su personalidad eficiente. La chica ladeó la cabeza mientras replegaba las alas de plumas grisáceas de la espalda contra el cuerpo. Wonder Woman se fijó en el cinturón y el arnés metálicos, adornados con una cabeza de un halcón grabada en el centro.

—Sí, gracias —contestó—. ¿Sabes dónde puedo encontrar a la directora Amanda Waller?

—Al final del pasillo, a la izquierda —la informó Hawkgirl mientras enfundaba la maza—. Te acompaño, sígueme.

Sin más, las alas de Hawkgirl volvieron a abrirse para alzarla del suelo e impulsarla hacia el edificio principal, en medio del campus.

—Gracias —dijo Wonder Woman, que empezó a volar tras ella con una sonrisa. Todo el mundo se mostraba muy atento; quizá le iba a resultar difícil estar a la altura del resto de los alumnos.

Al entrar en el despacho, Wonder Woman se estampó contra un armario gigantesco, aunque no tardó en comprobar que no se trataba de un armario.

—Discúlpate —dijo la directora Waller cuando se dio la vuelta.

The Wall tenía un aspecto imponente, vestida con un elegante traje negro que le sentaba de maravilla a su piel oscura y acentuaba sus impresionantes hombros. Al ver a su alumna más reciente, intentó sonreír con dulzura, pero, una vez más, lo único que consiguió fue transmitir cierto malestar estomacal en lugar de un cálido recibimiento, antes de recuperar su expresión seria y profesional.

—Wonder Woman, permíteme ser la primera en darte la bienvenida a Super Hero High —dijo la directora Waller.

La chica decidió no decirle que Frost se le había adelantado.

—Sígueme —le pidió The Wall, y echó a andar con paso ligero—. Ya es tarde.

La condujo hasta el gran salón de actos. Cuando Wonder Woman tomó asiento al fondo, la mayoría de los asistentes se volvieron y se le quedaron mirando. Le hizo ilusión reconocer algunas caras que había visto en el video de reclutamiento. Sin saber qué hacer, saludó con la mano y luego se retiró el pelo hacia atrás, como había visto hacer a Frost.

—¡Ejem!

La directora Waller no necesitaba micrófono. Desde el estrado, su potente voz no sólo alcanzaba hasta el último rincón de la sala, sino que incluso llegaba al jardín de los estudiantes. Cuando ella hablaba, los alumnos enderezaban la espalda y las ardillas huían despavoridas.

—Hoy nos hemos reunido aquí para elegir al Héroe del Mes —empezó a decir—. Como saben, este prestigioso premio está destinado al superhéroe adolescente que haya demostrado su disposición y su entrega y que haya actuado como un ejemplo para todos en Super Hero High. —Varios alumnos asintieron con un gesto seguro de cabeza. Algunos vestían elaborados trajes de superhéroe, mientras que otros se limitaban a llevar lo que parecía ropa normal y corriente. Wonder Woman se quedó mirando a una chica de piel muy blanca y con una abundante cabellera de color caoba, que llevaba un zarcillo de hiedra entrelazado en los mechones de una elaborada trenza lateral. La muchacha le devolvió la sonrisa, con timidez, y a continuación le hizo un gesto para indicarle que debía prestar atención al estrado.

—El Héroe del Mes es... ¡Bumblebee!

Una adolescente de piel bronceada y alas doradas que se movía con gran seguridad se acercó volando hasta el estrado al tiempo que el público rompía en vítores y aplausos. Las botas de Bumblebee, de un intenso color miel, hacían juego con las mechas de su cabello castaño y rizado, y combinaba unas mallas negras con unos calcetines de un estampado elegante, que le llegaban hasta las rodillas. Wonder Woman acabó aplaudiendo con los demás.

En ese momento comenzó un video. En él aparecía Bumblebee encogiéndose hasta alcanzar el tamaño de un insecto, lanzando descargas sónicas que desbarataron el intento de robo de una banda de delincuentes en una tienda de música de Super Tunes, enseñando a otros alumnos a esquivar las balas y trabajando en el despacho de la directora Waller. El video acabó con las palabras de Liberty Belle, una de las profesoras del colegio. «Es impresionante el interés de Bumblebee por aprender —dijo—. ¡Ojalá tuviéramos una colmena entera de Bumblebees!»

Wonder Woman vio el logo de la estrella hacia el final del video y anotó en su lista de tareas pendientes: «Llegar a ser Heroína del Mes». ¿A quién no le gustaría? Echó un vistazo a los estudiantes que tenía más cerca. La chica de la derecha llevaba un elegante traje de piel moteada de aspecto sedoso. Se estiró poco a poco, como si estuviera aburrida. Wonder Woman le sonrió, pero la chica no le hizo ni caso. Creyendo que tal vez no la había visto, la tocó con la punta del dedo y dijo:

—Hola, me llamo Wonder Woman.

Aquella desconocida le lanzó una mirada de pocos amigos y gruñó:

—Yo me llamo Cheetah, y no vuelvas a hacer eso. Nunca.

—¡Ok! —contestó Wonder Woman, volviéndose hacia la chica de la izquierda.

Era la joven con la que había hablado cuando había aterrizado.

A Frost se le escapó una sonrisita antes de enviar un soplo helado al chico verde que tenía enfrente.

—¡Ay, vaya! Disculpa, he sido yo —dijo tras dejarlo congelado.

Y se echó a reír.

—¡Ya basta! —ordenó alguien. Una chica de rasgos asiáticos se levantó de un salto y empezó a cortar con su espada algunos de los carámbanos que se habían formado en la ropa del chico. Llevaba el pelo, de color negro azabache, cortado en pico, como si también hubieran utilizado una espada para darle forma.

—Déjame en paz, Katana —dijo Frost.

—Pues deja tú en paz a Beast Boy —contestó Katana, blandiendo su reluciente hoja plateada, en la que Wonder Woman vio su propio reflejo.

Frost creó un escudo de hielo y la rechazó.

Las dos chicas salieron a enfrentarse al pasillo, fulminándose con la mirada mientras Beast Boy se transformaba en un pingüino y decía:

—Estoy bien, Ka-ka-katana. Puedo soportar el fri-fri-frío.

—¡Ejem! —repitió la directora Waller, reclamando la atención de todos una vez más.

—Genial, ahora tendremos al Muro encima —susurró Frost a Katana—. Por tu culpa.

—¡Alumnos! —bramó la directora—. Ya conocen las

normas. Nada de superpoderes ni de armas en la sala de actos. ¡Están todos castigados después de clase!

Los profesores se pasearon aburridos por el pasillo recogiendo en grandes bidones las armas que los alumnos habían pasado furtivamente. En medio del estruendo metálico que producían las espadas, flechas y demás munición entregada, Frost y Katana se calmaron y Beast Boy recuperó su forma verde original.

—Sus pertenencias les serán devueltas cuando presenten un trabajo acerca de por qué no es buena idea llevar armas o utilizar sus poderes durante la reunión en la sala de actos —anunció la directora Waller con aire de cansancio antes de volver a animarse—. ¡Y ahora, pasemos a una noticia emocionante! Este año se celebra el centenario del Supertriatlón de los Superhéroes y creo que es la ocasión perfecta para que Super Hero High destaque. Aún no es el momento de entrar en detalles, pero voy a presentarles al último miembro del alumnado. Wonder Woman, por favor, acércate.

Sorprendida y emocionada, la joven se puso en pie de inmediato y se dirigió hacia el estrado mientras saludaba y se retiraba el pelo hacia atrás.

—¡Nuestra nueva estudiante es la mejor cogiendo cosas al vuelo! —prosiguió la directora Waller.

«¿Coger cosas al vuelo?», pensó Wonder Woman. ¿Se suponía que debía coger alguna cosa ahora? Levantó la vista hacia el techo justo en el momento en que una alumna le ponía la zancadilla.

—¿Quién va a cogerte a ti si te caes? —preguntó Cheetah con un falso tono de inocencia.

Wonder Woman tropezó, dio una voltereta al tiempo que caía y volvió a ponerse en pie de un salto; todo en un solo movimiento. Los alumnos aplaudieron y Cheetah frunció el entrecejo mientras Wonder Woman saludaba al resto haciendo una reverencia.

—No ha salido como esperabas, ¿eh? —le dijo a Cheetah alguien que se sentaba cerca de ella.

—¿Sabes qué te digo, Star Sapphire? —contestó—. Si esa chica cree que va a convertirse en la dueña del insti, está muy equivocada.

—Tienes razón, claro —dijo Star Sapphire, jugueteando con su brillante anillo de zafiro.

Ambas miraron a la nueva alumna, que se había detenido de camino al estrado. Cheetah seguía con el ceño fruncido, pero Wonder Woman sólo vio amabilidad en el rostro de la chica.

—Todos estamos al tanto de tus hazañas, Wonder Woman —dijo la directora cuando la chica ya hubo subido al estrado y estaba junto a ella—. Sabemos incluso que hace poco salvaste a un grupo de niños. Pero lo que realmente esperamos de ti es que tu presencia en Super Hero High sea inspiradora para todos nosotros. ¿Te gustaría decir unas palabras?

La chica se volvió hacia la multitud de jóvenes superhéroes.

—Soy yo la que he venido aquí a aprender de todos ustedes —dijo muy seria—. Podemos hacer muchas cosas por este mundo, y aprender los unos de los otros es el primer paso.

Waller inició el aplauso mientras Wonder Woman saludaba. A continuación, la directora volvió a llamar a Bumblebee al estrado.

—Tu primera tarea como Heroína del Mes será mostrarle el colegio a nuestra nueva estudiante —anunció.

—¡Encantada! —contestó la chica, dirigiendo a Wonder Woman una sonrisa cálida y cordial.

Una vez finalizada la reunión en el salón de actos, Bumblebee intentaba abrirse paso entre los alumnos que abarrotaban los pasillos, pero sus alas no se lo ponían fácil.

—No te importa si me encojo, ¿verdad? —preguntó a Wonder Woman.

Ésta, que no estaba segura de a qué se refería, pero que no deseaba parecer maleducada, contestó:

—No, claro. Adelante.

Entonces vio que Bumblebee pasaba del tamaño de una chica adolescente al de..., bueno, al de un pequeño abejorro. Al final, le costó seguir a la Heroína del Mes, que esquivaba con gran pericia a los alumnos que iba encontrándose en el carril de «Sólo Voladores» del pasillo. La velocidad no era un problema para Wonder Woman, pero volar mientras iba tomando apuntes y sacaba fotos acabó resultando peligroso.

—Lo siento —se disculpaba cuando se salía del carril y tiraba a alguien al suelo—. ¡Vaya! ¡Lo siento!

—Ésa es la biblioteca —la informó Bumblebee, señalando a la izquierda—. Eso es el comedor —dijo, indicando a la derecha—. Y ésas son algunas de las cincuenta y seis salidas de emergencia —añadió, apuntando en todas las direcciones.

Un torbellino dorado y blanco pasó patinando junto a Wonder Woman.

—¡Cuidado, que voy! —exclamó la chica, alegremente. Wonder Woman se sacudió varios copos de nieve del traje y se quedó asombrada al ver que una capa de hielo se formaba delante de aquella chica cada vez que uno de los patines tocaba el suelo. A continuación corrió para dar alcance a Bumblebee, que en ese momento decía:

—Ésa era Golden Glider...

Pero Wonder Woman no la escuchaba porque, de pronto, todos sus sentidos se habían puesto en alerta.

Un chico se dirigía derecho hacia ella con la mano estirada. ¿Se trataba de un ataque? Veloz como el rayo, se acercó a él con un movimiento táctico, lo asió del brazo, lo hizo girar sobre sí mismo un par de veces y a continuación lo lanzó a la otra punta del pasillo. El chico cayó al suelo y resbaló hasta estamparse contra los casilleros, donde se detuvo en una postura muy poco favorecedora.

—¡Eh! ¿Por qué has hecho eso? —preguntó Bumblebee, tras darse la vuelta y recuperar su tamaño normal.

Wonder Woman aún estaba en posición de ataque, preparada para hacer frente a cualquier otro enemigo desconocido que quisiera asaltarla.

—Sólo lo he hecho para protegerte a ti y también a mí —contestó, alargando la mano en busca del Lazo de la Verdad, pero entonces recordó que les habían confiscado todas las armas.

Bumblebee volvió a encogerse y le susurró al oído con un zumbido:

—No pretendía hacerte daño, sólo iba a estrecharte la mano. A veces parece que Hal Jordan sólo se mira el ombligo, pero es un Green Lantern y un buen tipo.

Wonder Woman no entendía nada.

Aquel chico no parecía estar mirándose el ombligo. En todo caso, más bien parecía que no sabía dónde mirar.

—¿Y por qué quería estrecharme la mano? —preguntó—. A mi mano no le pasa nada.

—Es lo que hace la gente educada cuando se saluda —le explicó Bumblebee.

Wonder Woman se sintió como una tonta. En un abrir y cerrar de ojos, se plantó junto a Green Lantern, que estaba intentando incorporarse. Iba a salirle un buen chichón en la parte de la cabeza que había impactado contra los casilleros. «Qué raros son los chicos», pensó mientras lo observaba con atención. Nunca había estado tan cerca de uno. El pelo corto, abundante y de color castaño, y la mandíbula con hoyuelo realzaban un megagrano que llamaba la atención. «¿Todos los chicos tienen granos?», se preguntó.

Al darse cuenta de que Wonder Woman lo observaba, Hal intentó taparse el grano con una mano, pero entonces la chica se la cogió para estrechársela con energía.

—Siento lo de antes —dijo—. Me llamo Wonder Woman. Un placer conocerte.

—¡Eh, eh, eh! —exclamó Hal, retirando la mano y mirándosela bien por si ya se le había amoratado.

Wonder Woman lo observó con impaciencia. ¿Qué intentaba decirle con aquello? ¿Los chicos hablaban en clave? ¿Eh, eh, eh?

Abochornado, Green Lantern dijo:

—Eh... esto... Eh... ¿Qué tal estás?

Ella sonrió. Le gustaba cómo hablaba.

—¡Bien, gracias! —contestó—. Eh... ¿Qué tal tú?

CAPÍTULO 3

En su primera clase de su primer día en Super Hero High, Wonder Woman se propuso recordarlo todo para contárselo después a su madre cuando le escribiera. En la clase de Prácticas de Vuelo, observó muda de asombro cómo Beast Boy se transformaba ante sus ojos en un enorme cormorán orejudo, un ave marina, y cómo luego, por suerte, se descongelaba, a pesar de conservar los andares de pato.

En su forma de ave, el despegue de Beast Boy fue impecable..., pero, de pronto, algo le salió mal en pleno vuelo y volvió a convertirse en un adolescente de piel verde mientras empezaba a descender en picado. Wonder Woman se disponía a detener la caída cuando el chico se transformó de repente en una ardilla voladora, efectuó tres volteretas en el aire y aterrizó sano y salvo a sus pies.

—¡Caíste! —exclamó, riendo, mientras volvía a adoptar la apariencia de un chico.

—¡Beast Boy! —bramó el profesor, Red Tornado, más rojo de lo habitual. Para tratarse de un androide con inteligencia artificial, no tenía problemas para transmitir a la gente sus emociones—. ¿Qué te he dicho sobre los falsos fallos en pleno vuelo?

—Que no tienen ninguna gracia —contestó el chico, agachando la cabeza como si se arrepintiera, pero guiñándole un ojo a Wonder Woman mientras susurraba—: ¡Aunque la verdad es que sí son muy graciosos!

La joven estaba impresionada y confusa por lo que acababa de ver. Le sacó una foto a Beast Boy antes de tomarle la mano y estrechársela con energía.

—¡Hola! ¡Me llamo Wonder Woman! —dijo—. ¡Eso ha sido increíble!

Pero de pronto se dio cuenta de que la miraba toda la clase y se sintió avergonzada. ¿Dónde habían quedado sus modales? Entonces, empezando con Red Tornado, recorrió rápidamente el aula, estrechando la mano a todo el mundo mientras se presentaba, saludaba y se apartaba el pelo. Cuando llegó a la última alumna, la chica tímida, ésta le dijo con un hilo de voz:

—Me llamo Miss Martian.

Antes de que a Wonder Woman le diera tiempo a saludarla, la joven se volvió invisible y ella se quedó con la mano estirada en el aire.

—Eh, qué increíble ha sido eso —le comentó a Bumblebee, que daba la impresión de que intentaba reprimir una risita.

Wonder Woman se moría de ganas de que le pusieran tareas. A medida que el día avanzaba, una de las cosas que más le gustó fue Para el Balón, un juego que los superhéroes practicaban en educación física.

—¡Pásaselo al capitán del equipo! —gritó el profesor.

—¿Qué es un capitán de equipo? —preguntó Wonder

Woman a Bumblebee. La mitad del campo gritó entusiasmada cuando Cyborg lanzó un muñeco de pruebas al interior de una red.

—Significa que estás al mando —contestó Bumblebee.

Wonder Woman lo anotó en su libreta: «Ser capitán del equipo. Estar al mando».

Mientras avanzaban por el pasillo, enderezó los retratos que adornaban las paredes de los superhéroes famosos que habían sido alumnos de Super Hero High, fue recogiendo basura y reparó una barandilla que estaba combada.

—Vaya... —dijo Bumblebee—. Llevaba así desde que Firestorm la fundió por accidente. Todo el mundo decía que había que arreglarla, pero eres la primera persona que ha hecho algo para solucionarlo.

—¡Wonder Woman, por aquí! —la llamó alguien.

—Es Barbara Gordon —le informó Bumblebee, acompañándola hasta la chica que esperaba junto a un bloque de casilleros, algunos bajos y otros a casi tres metros de altura, rozando el techo—. Es un genio de la tecnología. Estudia en Gotham City High, pero nos echa una mano por aquí. Su padre da clases en este colegio.

—Wonder Woman, éste es tu casillero —dijo Barbara, tendiéndole un papel que sacó de la carpeta que llevaba—. A los Voladores siempre les tocan los de arriba.

La flamante alumna miró la serie de números escritos pulcramente en la hoja y deseó que su letra fuera la mitad de bonita que aquella, pero tenía la manía de apretar demasiado cuando escribía y no había lápiz que no acabara con la punta partida.

—¿Es para abrir una caja fuerte? —preguntó en un susurro. En casa, le encantaba leer una serie de cómics sobre atracadores de bancos y otros delincuentes indeseables titulada *Crímenes colosales trágicos y totalmente ciertos*. Como a Hippolyta no le entusiasmaban los gustos literarios de su hija —habría preferido que leyera libros de texto, manuales de vuelo y libros de instrucciones sobre técnicas de lucha—, Wonder Woman tenía que esconder su colección secreta de cómics debajo de las armas de repuesto, y a menudo los leía de noche, debajo de las sábanas, alumbrándose con una linterna.

Barbara sonrió.

—No es exactamente la combinación de una caja fuerte —dijo, apartándose el flequillo de los ojos. Tenía el pelo caoba oscuro—. Es la combinación de tu casillero. Mi padre, el comisionado Gordon, dice que cualquier precaución es poca, así que no se la des a nadie. Funciona así, mira.

Sacó un garfio de escalada de su cinturón de herramientas y subió trepando hasta el último casillero. Cuando la puerta se abrió, a Wonder Woman se le empañaron los ojos. ¡Su propio casillero!

—¿Qué puede haber mejor que esto? —preguntó mientras le sacaba una foto.

—Te lo enseñaré —respondió Bumblebee con tono alegre—. ¡Sígueme!

Vieron una larga cola de estudiantes junto a la enfermería, que se asían la mano y hacían muecas de dolor. Wonder Woman les sonrió y los saludó, llamándolos por su nombre. Algunos dieron un pequeño respingo al verla, pero la mayoría parecían encantados de que los hubiera reconocido.

—¡Espera! —le pidió Wonder Woman a Bumblebee al pasar por delante del despacho de The Wall—. Voy a dejarle mi trabajo.

La Heroína del Mes parpadeó, sorprendida.

—¿Ya lo has terminado?

—Sí —contestó Wonder Woman, agitándolo en el aire—. Era para recuperar las armas, ¿no?

—Pero ¿cuándo lo has hecho?

—Mientras íbamos de una clase a otra —contestó.

Con el Lazo de la Verdad de nuevo en sus manos, Wonder Woman siguió a su nueva amiga por un laberinto de escaleras y cruzó pasajes secretos hasta que llegaron frente a una pared de ladrillo. Bumblebee la golpeó tres veces con suavidad y, para alegría y asombro de Wonder Woman, la pared se abrió hacia dentro y dejó ver un hueco por el que pasar.

«Tres», anotó la joven en su libreta.

—Bienvenida al dormitorio de las chicas —anunció Bumblebee.

Wonder Woman puso los ojos como platos, incapaz de disimular su entusiasmo. Nunca había compartido habitación con otras chicas. De hecho, nunca había vivido en otro lugar que no fuera Paradise Island. No veía el momento de conocer a sus compañeras de cuarto.

Estaba a punto de entrar en la habitación número 27 cuando se quedó helada. Alguien estaba gritando:

—¿Cuándo va a llegar Wonder Woman? ¡Qué ganas tengo de capturarla!

CAPÍTULO 4

Consciente de que el elemento sorpresa era crucial para rechazar cualquier ataque, Wonder Woman tiró la puerta abajo de una patada y entró de un salto, aunque la escena que le esperaba dentro la sorprendió tanto que ahogó un grito. Era como si hubieran saqueado la habitación. ¡Nunca había visto un caos igual!

Había ropa amontonada y trastos desperdigados por todas partes. La televisión sonaba a todo volumen, igual que el video musical que se reproducía en la computadora. Una toalla de playa húmeda colgaba de la barra de la cortina y había componentes de un equipo de grabación tirados por ahí. Bolsas vacías de papas fritas se apilaban sobre papeles que se apilaban sobre libros que se apilaban en una de las camas. Bueno, suponía que habría una cama debajo de todo aquel montón de cosas.

—¡Está aquí! —chilló alguien.

Wonder Woman se giró en redondo y, un nanosegundo después, la chica que había chillado estaba envuelta en el Lazo de la Verdad.

—¡Estaba esperándote! —exclamó la joven, entusiasmada, mientras bajaba la cámara de video.

Bumblebee, que se había hecho diminuta, entró volando en la habitación y se posó en el hombro de Wonder Woman para decirle algo, pero no le dio tiempo.

—¿Quién eres y qué quieres? —preguntó rápidamente la superheroína recién llegada de Paradise Island.

Envuelta en el Lazo de la Verdad, la chica se vio obligada a ser sincera.

—Me llamo Harley Quinn y quiero grabarte con mi cámara para mi canal HQTV —explicó. Y a continuación añadió—: ¡Y estoy completa y absolutamente superemocionada de tenerte como compañera de habitación!

En ese momento, Wonder Woman la reconoció. ¡Pues claro! Era la chica rubia que aparecía en casi todos los planos del video de reclutamiento del colegio de los superhéroes. Las coletas multicolores, la sonrisa gigantesca, el brillo travieso en la mirada... De inmediato soltó a Harley y se disculpó. Pero se sorprendió al ver que la joven no estaba enfadada en absoluto. Al contrario, estaba tan emocionada que se le escapó una carcajada.

—Estaba hablando a la cámara, diciendo que quería capturar imágenes tuyas y en ese momento, ¡BAM!, vas y casi tiras la habitación abajo ¡Y... y luego me lanzas el famoso lazo! ¡A mí! ¡Lo mejor de todo es que lo he grabado! —Harley levantó la cámara en el aire como si fuera un trofeo—. Imágenes exclusivas. ¡Una exclusiva de la HQTV! ¡Encantadísima de conocerte!

Cuando le tendió la mano, Wonder Woman se la estrechó con tal entusiasmo que la cabeza de Harley se sacudió adelante y atrás como uno de esos muñequitos con un muelle en el cuello. Sin embargo, a la joven no pareció importarle.

—¿Hola? —El zumbido fue haciéndose más audible hasta que Bumblebee recuperó su tamaño normal.

Se había hecho tan pequeña y había estado tan callada que Wonder Woman había olvidado que estaba en la habitación.

—Tengo que hacer la tarea —dijo Bumblebee, y señalando a Wonder Woman añadió dirigiéndose a Harley—: ¿Sabes? ¡Ya ha terminado y entregado el trabajo sobre la prohibición de llevar armas en las asambleas del salón de actos!

La superheroína de coletas multicolores asintió como si fuese de lo más normal.

—No me sorprende nada de nada —aseguró—. ¡Tú sigue así y ya verás como acabas siendo el perrito faldero de los profes!

Wonder Woman inclinó la cabeza hacia un lado.

—¿Un perrito faldero...? Pero si soy una chica —replicó muy seria.

Harley soltó otra carcajada de las suyas.

—¡Eso ha tenido gracia! —exclamó—. ¡Qué payasa! Me encanta.

—¡Oh! No, no soy una payasa, soy una superheroína —insistió Wonder Woman.

—Es una broma —dijo Harley—. Ja, ja. Ya sabes, una broma... —Al ver que Wonder Woman se le quedaba mirando sin comprender, añadió—: Ya, cambia esa cara tan seria. Vamos, hay que tener un poco de sentido del humor.

—Ok —dijo la recién llegada. Y escribió en su lista de asuntos pendientes: «Tener sentido del humor».

Mientras Harley parloteaba sin parar sobre que serían las mejores compañeras de cuarto de la historia de Super Hero High, Wonder Woman echó un vistazo a la habitación y empezó a ordenarla ayudándose de su supervelocidad: tiró la basura, enderezó los libros y volvió a colocar los muebles en su sitio. Al sacar la montaña de trastos de Harley de la cama, comprobó que, efectivamente, se trataba de una cama..., ¡pero de una cama elástica!

—Pues como te decía, esa Mandy Bowin es todo un caso —explicaba Harley mientras editaba el video con la habilidad de un maestro tocando el piano—. Era una chica muy muy callada. Agradable, aunque no sabía encajar las bromas, ya me entiendes. Una vez le escondí el violín ¡y se puso hecha una furia! Y, para que me entiendas, se trataba de un violín normal y corriente, que si me dices un arma... Mandy y su música. Estaba todo el santo día dale que te pego. Ni siquiera tenía nombre de superheroína, sólo Mandy, a secas. Aquí todo el mundo tiene nombre de superhéroe.

Harley hizo una doble pirueta mortal hacia atrás, saltó sobre la cama y volvió a sentarse para seguir trabajando en el video.

—Pues como te decía —continuó—, resulta que un día, ¡BAM!, Mandy se ha ido y apareces tú. ¡Ya he terminado! Sí, soy muy rápida. —Harley se levantó y miró a su alrededor—. ¡Vamos, vamos y vamos! ¿Ya he dicho vamos?

La habitación estaba impecable. Y prácticamente vacía.

Wonder Woman sonrió con modestia.

—He hecho limpieza —dijo.

—¿Dónde están mis cosas? —preguntó Harley, mirando debajo de las camas.

—En la basura —contestó su nueva compañera de habitación.

—No sé qué decir... —balbució la joven reportera.

—Ha sido un placer —dijo Wonder Woman—. Esto... ¿te importaría decirme dónde está el lavabo?

—Al final del pasillo, a la izquierda —le indicó Harley—. Pero date prisa, que casi es la hora de cenar.

—¡No te preocupes!

Cuando volvió, se encontró a su compañera de cuarto sentada en la cama elástica con las piernas cruzadas, diseñando unos gráficos en la computadora. La habitación, que acababa de limpiar, ya volvía a ser un caos.

—¿Has utilizado una máquina del tiempo para volver a dejar la habitación como estaba? —preguntó.

—No —contestó Harley alegremente—. Sólo he vuelto a poner algunas de mis cosas donde estaban.

Wonder Woman miró el pizarrón de anuncios, que volvía a estar abarrotado de fotos y páginas de revistas. Uno de los pósteres decía:

¡LOS TRES SÚPERS!
SUPER-PODER
SUPER-PERCEPCIÓN
SUPER-PERSISTENCIA

Wonder Woman se preguntó si su nueva compañera de habitación tenía superpoderes. Desde luego era un auténtico torbellino.

CAPÍTULO 5

El bullicio y la actividad del comedor la dejaron descolocada unos segundos. El constante repiqueteo metálico de la vajilla, los alumnos yendo de un lado al otro con bandejas de plástico marrón y el rumor del parloteo incesante que rebotaba contra los altos techos no se parecía a nada que Wonder Woman hubiera vivido hasta ese momento. En un extremo de la sala, unas mujeres vestidas con batas blancas y guantes de plástico de color amarillo llenaban los platos, que servían de una larga hilera de fuentes metálicas a rebosar de alimentos desconcertantes y humeantes. Sólo había que señalar algo y lo que se hubiese elegido acababa estampado en el plato sin ningún miramiento.

Wonder Woman estaba encantada.

Caminaba tan distraída con su bandeja de comida enigmática, admirando las mesas de madera maciza y las sofisticadas y modernas lámparas que colgaban del techo, que... ¡BAM!

—¡Eh! Mira por dónde vas —protestó una chica, limpiándose una salsa gris de la camisa de color violeta. Parte de la salsa también se había escurrido hasta la falda de conjunto.

—Lo siento mucho —se disculpó—. De verdad que lo siento. Me llamo Wonder Woman. —Le tomó la mano para estrechársela, pero la joven la retiró.

—Ya sé quién eres —dijo—. Yo me llamo Star Sapphire. Mi familia es dueña de la Ferris Aircraft. Seguramente podrían comprarse diez Paradise Islands si quisieran.

—Vaya, pues sólo hay una, y no está a la venta —la informó Wonder Woman amablemente.

Star Sapphire negó con la cabeza.

—Mira, guapa, espabila.

A pesar de que había empleado un tono cortante, Wonder Woman sintió que la invadía una sensación agradable. Escribió en su lista de asuntos pendientes: «Espabilar».

—¿Por qué llevas salsa hasta en las orejas? —preguntó Golden Glider a Star Sapphire cuando se acercó sobre sus patines y le tendió una servilleta. En la centelleante cinta para el pelo con que se retiraba la melena dorada se leía LIVE. Wonder Woman contempló fascinada las relucientes placas de hielo que formaban los patines de Golden Glider.

Star Sapphire sonrió con desdén.

—La salsa no es lo que mejor me queda, pero está visto que ella opina lo contrario. Gracias, Wonder Woman.

—¡No hay de qué! —contestó, aliviada al ver que no estaba enfadada con ella.

—Vámonos de aquí —le dijo Star Sapphire a Golden Glider.

—Lo que tú digas. —Las dos chicas se alejaron dándole la espalda a la superheroína de Paradise Island.

—Adiós —dijo Wonder Woman al lugar vacío que antes ocupaban Golden Glider y Star Sapphire.

Todas las mesas estaban llenas. La última incorporación al colegio de superhéroes daba vueltas por el comedor mientras que la mayoría de los alumnos le sonreían o la saludaban, y algún que otro chico se le quedaba mirando.

—Tienes comida entre los dientes —avisó Wonder Woman a Green Lantern, intentando disimular su incomodidad. A continuación, le comentó a Cyborg alegremente—: Cuidado con esa bebida o se te oxidará la parte metálica de la cabeza.

Y cuando Riddler le preguntó si quería oír un acertijo, le contestó que por supuesto que sí y continuó caminando, buscando un sitio donde sentarse. Y es que claro que quería oír un acertijo, pero no justo en ese momento.

Empezaba a pensar que tendría que comer de pie cuando vio que Bumblebee le hacía señas con la mano.

—¡Siéntate con nosotras! —le dijo, señalándole un asiento vacío.

Wonder Woman apretó el paso y se sentó de buena gana en la silla que había junto a Katana, a la que recordaba de la asamblea en la sala de actos.

—¿Tirarle a alguien salsa es malo? —preguntó Wonder Woman.

—Depende de a quién se la tires —contestó Bumblebee, sirviéndose miel en el té.

—A Star Sapphire —dijo la nueva estudiante.

Katana soltó una carcajada, y Wonder Woman la imitó, aunque no estaba segura de que lo que había dicho tuviese tanta gracia.

—Es una fanática de la moda y siempre va a la última,

como quisieran hacer muchos —la informó Katana, volviéndose hacia Star Sapphire, que seguía limpiándose la salsa de la ropa—. Yo prefiero un corte más radical. Menos es más.

Wonder Woman tomó nota. Mientras que a Star Sapphire le gustaba lo brillante y los colores vivos, Katana se decantaba por un gris suave y elegante en varias tonalidades, adornado con algún toque de rojo.

Bumblebee siguió sirviéndose miel en el té.

—A mí me gusta la ropa que se estira y se encoge al mismo tiempo que yo —dijo con una risita—: ¡Por experiencia sé que para mí es lo más práctico!

—A mí me gustan los colores oscuros —apuntó Katana, mientras cogía el cuchillo y el tenedor. En menos de un abrir y cerrar de ojos, troceó toda la comida del plato—. Eso me permite moverme con sigilo.

Hawkgirl dejó la bandeja en la mesa.

—¿Puedo sentarme con ustedes? —preguntó. Una chica pelirroja se detuvo detrás de ella.

—¡Sí, claro, adelante! —contestó Wonder Woman, encantada de estar rodeada de más superheroínas—. ¡Estábamos hablando de ropa!

—La verdad es que yo no pierdo mucho tiempo en esas cosas —confesó Hawkgirl, antes de apurar un vaso de leche—. Lo único que pido es que sea práctica para volar y resistente para luchar.

—¿Y tú? —preguntó Wonder Woman a la pelirroja, que llevaba un vestido de color verde esmeralda.

La chica se sonrojó hasta que su piel adquirió la tonalidad de su pelo.

—Me llamo Poison Ivy —dijo, evitando la mirada directa de la hija de la reina de las amazonas—. Me encantan las plantas y el verde me permite confundirme con ellas.

—El verde te queda bien —afirmó Wonder Woman alegremente—. ¿Verdad?

Todo el mundo asintió, y cuando finalizó la hora de comer, las chicas hablaban y reían como si fueran amigas de toda la vida.

—Wonder Woman, ¿qué haces? —preguntó Katana cuando se iban.

—Limpiar —contestó ella.

Ya había recogido la mitad de las mesas de la inmensa sala a la velocidad del rayo.

Katana negó con la cabeza.

—No es necesario. Ya hay gente que se encarga de eso.

Wonder Woman miró a su alrededor y vio un pequeño grupo de personas con uniformes azules que fregaban el suelo y recogían las mesas. Salió del comedor con sus nuevas amigas, pero después de despedirse de ellas, regresó a la sala.

—Eh, Wonder Woman, no hace falta que nos ayudes —dijo uno de los hombres de azul. Estaba calvo, era de color morado y sonreía con franqueza. Bordado con letra elegante sobre el bolsillo del uniforme de conserje se leía «Parasite».

—No me importa —aseguró ella, cogiendo una jerga.

—En serio —insistió Parasite, intentando arrancarle la jerga—. Ponte a estudiar, que para eso estás aquí. Aunque se agradece la intención.

La joven asintió. Sin embargo, antes de irse, se volvió hacia la cuadrilla de limpieza.

—Si alguna vez necesitan que les eche una mano, ¡avísenme!

Acababa de hacer unos cuantos amigos más.

Wonder Woman se había traído muy pocas cosas de casa, pero ninguna estaba donde la había dejado cuando volvió a la habitación.

Harley, que debería estar acabando el trabajo para la clase de Superhéroes a lo Largo de la Historia, estaba atenta al contador de visitas del último video que había colgado en la HQTV... en el que aparecía ella.

—¡Mira! —dijo mientras saltaba en la cama elástica—. ¡Somos famosas! ¡FAMOSAS! ¡El video en el que me lanzas el lazo se ha vuelto viral!

Wonder Woman no estaba segura de si eso le gustaba o la avergonzaba. Cuando dejó su hogar para ir a Super Hero High, Hippolyta, su madre, le había dicho que se tomara lo de la fama con calma. «Nunca permitas que tu ego se interponga en el camino de tu fortaleza», le había aconsejado.

—Harley, ¿sabes dónde está mi almohada? —preguntó, mirando a su alrededor.

—En la basura —contestó su compañera de habitación, y a continuación siguió mirando el canal de televisión.

—Ah, ok —dijo Wonder Woman—. ¿La has puesto tú ahí?

—No —contestó Harley, dando volteretas hacia atrás—. Estaba en la basura cuando he vuelto de cenar. Creía que la habías tirado tú.

Efectivamente, todas sus cosas estaban en la basura, incluida la almohada. Wonder Woman estaba recuperándolas cuando encontró una carta dirigida a ella y, al reconocer la letra, sintió una punzada de nostalgia. Habían ocurrido tantas cosas en un solo día que casi había olvidado que ésa sería la primera noche que pasaría fuera de casa. A no ser, claro estaba, que contase el campamento de verano para guerreras de Paradise Island. La primera noche, había llorado y había llamado a su madre para suplicarle que fuera a buscarla.

«Si de aquí a dos días piensas lo mismo, iré», le había prometido ella.

Wonder Woman volvió a llorar esa semana, una sola vez..., el día que se terminó el campamento y tuvo que regresar a casa.

No se dio cuenta de lo cansada que estaba hasta que se metió entre las sábanas.

—Harley, ¿qué le pasó a tu última compañera de cuarto? —preguntó.

La chica llevaba un antifaz para dormir sobre los ojos. Al ver que no respondía, Wonder Woman supuso que estaba dormida.

Se estiró en la cama. El colchón era duro. Se alegró de haberse llevado la almohada, le recordaba a su casa. Estaba empezando a cerrar los ojos cuando oyó que Harley decía:

—Corren rumores de que expulsaron a Mandy, y de que ella no se lo tomó muy bien. Amenazó con volver y causar problemas.

Wonder Woman abrió los ojos.

—Cheetah dice que la echaron para que tú pudieras entrar —prosiguió Harley—. Dice que The Wall quería que vinieses al colegio, así que: adiós, Mandy, y bienvenida seas, Wonder Woman. Pero no es verdad. Todo el mundo sabe que, si tienes un gran potencial, la directora está dispuesta a mover montañas para tenerte aquí. —Wonder Woman no se atrevió a moverse, quería que Harley continuara—. Yo creo que Mandy no daba la talla. En lugar de dedicarse a sus armas, lo único que quería era tocar el violín. ¿Sabes la pesadilla que era oírla tocar día y noche, día y noche?

—Bueno, la música es... —empezó Wonder Woman, pero antes de que le diera tiempo a terminar la frase, Harley ya roncaba. Y hablaba en sueños. Y roncaba.

Wonder Woman se incorporó. De pronto ya no se sentía cansada. Por mucho que deseara entrar en Super Hero High, no quería hacerlo a costa de otro alumno. ¿Y si Cheetah tenía razón? Aunque quizá quien tenía razón era Harley, y habían echado a Mandy por no dar la talla como superheroína. Si eso era así, ¡a ella también podía ocurrirle lo mismo! Deseó que su madre estuviese allí. Ella siempre sabía cómo tranquilizarla.

En ese momento recordó el sobre. Dentro había una nota. «Mi querida hija —empezaba—, aunque me entristece que te hayas ido de Paradise Island, me alegro de que hayas decidido recorrer tu propio camino. Sé fuerte. Te quiero. No lo olvides nunca.»

En el sobre también había una foto de su madre y de Wonder Woman cuando era pequeña. Llevaban las túnicas blancas de diosa griega a juego. Hippolyta sostenía en alto una gran roca y una jovencísima Wonder Woman se alzaba de pie sobre ésta, sujetando a su vez una roca más pequeña.

Sintió que se le empañaban los ojos mientras contemplaba la foto. Que fuera una superheroína no quería decir que no pudiera echar de menos a su madre.

CAPÍTULO 6

—... **Y** por eso les agradezco que me hayan elegido como su presidenta —dijo Wonder Woman en los escalones de la Casa Blanca.

El público asistente, vestido con camisetas de Wonder Woman, la ovacionó mientras agitaba pancartas donde se leía ww PRESIDENTA.

—Mi prioridad como presidenta será conseguir la paz mundial —prometió—. Y ahora responderé las preguntas de los periodistas.

—¿Eres de las que madrugan o un ave nocturna? —preguntó Harley Quinn.

—¿Perdona?

—Que si madrugas o funcionas mejor de noche.

Wonder Woman parpadeó y se incorporó. Todavía arrastraba el sueño, notaba las legañas en sus ojos, casi tan molestas como la videocámara en su cara.

—¿Estaba soñando? —preguntó mientras se frotaba los ojos con energía.

—No estoy segura —contestó su compañera de habitación, ajustando el objetivo—. Duermes como un tronco, aunque agitas los brazos mucho. En cualquier caso, a mi público le gustaría saber algo más de ti, así que...

—Me gusta madrugar —contestó Wonder Woman, completamente despierta. Se levantó de un salto e hizo la cama en un solo movimiento. A continuación, ya que estaba, también hizo la cama elástica donde Harley dormía mientras ésta la grababa.

Wonder Woman se cepilló el pelo, se colocó bien la diadema y se puso a buscar los brazaletes. No le hizo gracia encontrarlos en las muñecas de su compañera de habitación, ni tampoco descubrir que, además, se había envuelto en el Lazo de la Verdad.

—¿Qué haces? —le preguntó.

—Quería ver cómo era ser tú.

A medida que Wonder Woman la desenredaba, Harley fue animándose.

—¡Muy bien! Bueno, ha sido divertido. ¡Wowza! Bueno, pues voy a subir el video de cuando te despiertas. ¡Sé que a mi público le va a encantar!

Wonder Woman se mordió el labio.

—Igual es un poco aburrido —dijo—. ¿No sería mejor que sacaras a otra persona en la HQTV?

—¡Eso es justo lo que pensaba hacer! —exclamó Harley, tomando impulso y dando un salto mortal para reforzar sus palabras—. He añadido una cara conocida. ¡Mira!

Mientras la música de los créditos aumentaba de volumen, Wonder Woman vio que el logo habitual de la HQTV tenía un nuevo detalle: la cara sonriente de Harley adornaba la pantalla, en medio de la Q.

—¡Ah! Y no te preocupes, no sólo sales tú en la HQTV —aseguró Harley—. ¡Grabo a todo el mundo!

Para demostrárselo, le enseñó un fragmento en el que se veía a Frost congelando la sopa de Miss Martian, y otro en el que Riddler impedía el paso a la biblioteca a quien no resolviese sus acertijos.

Wonder Woman no estaba segura de que eso la hiciese sentir mejor, pero no deseaba desilusionar a Harley. Además, era su primer día completo como alumna de Super Hero High y estaba decidida a causar una buena impresión.

—¿Es cierto que para ti va a ser coser y cantar lo de entrar en el equipo del Supertriatlón? —preguntó Harley mientras subía el video.

Wonder Woman estaba leyendo sus correos electrónicos. Tenía varios de su madre.

—¿Coser y cantar? —preguntó, antes de negar con la cabeza—. No creo que sea necesario saber coser y cantar para entrar en el equipo del Supertriatlón; tal vez otras cosas sí... Cosas de superhéroes...

—No, no. —Harley suspiró—. Madre mía, lo interpretas todo de forma literal. Me refiero a que para ti será pan comido entrar en el equipo.

Wonder Woman guardó silencio. Para ella, era como si su compañera de cuarto le hablara en otro idioma; le estaba preguntando cosas sin sentido, como que si sabía coser y cantar, y algo relacionado con el pan, que no entendía.

—Bueno... —contestó al final—, para mí sería un honor estar en el equipo.

—Sabes que el colegio lleva cincuenta años sin ganar, ¿verdad? Siempre quedamos segundos o terceros, pero esta vez Waller va a por el oro. Todo el mundo hace apuestas sobre quién estará en el equipo. Hay mucho en juego, sobre todo porque se trata del centenario del

Supertriatlón, lo que significa que el colegio que gane se lleva todo el prestigio.

Wonder Woman asintió. La escuchaba, pero no le prestaba verdadera atención. Estaba concentrada en un correo electrónico anónimo que decía: «Nadie te quiere en Super Hero High. Vete a casa».

—… y por eso —prosiguió Harley, sin dejar de botar en la cama recién hecha— te querían todos los colegios de la galaxia, ¡y todos en Super Hero High deseaban que vinieras aquí!

Wonder Woman apagó la computadora. «No todos», pensó.

Si la madre de Wonder Woman le había enseñado algo, era a no sentir lástima de sí misma. Aunque era una princesa, nunca actuaba ni vivía como si lo fuera… Estaba acostumbrada a tomar un desayuno sencillo compuesto de bayas salteadas y plantas nutritivas. Esa mañana, en el comedor, una montaña de colores hizo que se detuviera en seco.

—Si lo sigues mirando así, igual te habla y todo —murmuró Cheetah al pasar junto a Wonder Woman.

La joven se concentró en los colores, preguntándose qué podrían decirle. Tal vez tenía que empezar ella.

—Qué preciosidad —dijo entusiasmada.

Poison Ivy se dio la vuelta, con timidez.

—¿Me lo dices a mí?

—No, me refiero a eso —contestó Wonder Woman, señalando los colores vivos de formas estrambóticas que contenía la montaña de recipientes de vidrio.

—¿A qué? Ah, ¿a los cereales? —preguntó Poison Ivy, ligeramente desengañada. Le tendió un plato—. Llénalo —dijo—. Bueno, si quieres. Es decir, que no tienes por qué hacerlo. Mira, da igual. Lo siento. Tú olvida que me has visto.

—¿Por qué iba a hacerlo? —preguntó Wonder Woman—. ¡Creo que has tenido una idea genial y que voy a llenar el plato!

Poison Ivy sonrió.

Sin saber por cuál decidirse, Wonder Woman acabó probando todos los cereales. A modo de experimento, claro está. Ocupó su sitio habitual, mientras se esforzaba en mantener en equilibrio una pila de ocho platos llenos de cereales. La conversación fue animada. Las chicas comentaron un sinfín de temas, desde la nueva arma que Lady Shiva había pedido *online* hasta la difícil situación por la que estaban pasando las formas de vida autóctonas del planeta Rann, y si Barry Allen, The Flash, realmente era tan rápido como aseguraba.

—¡Hola! —Todas las cabezas se volvieron hacia Harley—. ¿Quién quiere ver mi último video de la HQTV? ¿Todas? ¡Sí! Me lo imaginaba. Ya lleva cientos de visitas. ¡Miren!

Todo el mundo se apretujó para ver a una somnolienta y confusa Wonder Woman despertándose y mascullando algo ininteligible con una cámara en la cara. El breve video se titulaba *La bella durmiente*. Wonder Woman sonrió incómoda mientras las otras chicas se reían. ¿Creían que era divertida? ¿O creían que era rara? No estaba segura de lo que pensaban, así que siguió sonriendo, aunque empezaba a no sentirse a gusto.

★

Wonder Woman había disfrutado de los cereales azucarados de colores. Se los había acabado todos, no había dejado ni una sola migaja crujiente. Cuando acabó la hora del desayuno, ¡estaba llenísima de energía y con ganas de ponerse manos a la obra!

Su primera clase era la de Prácticas de Vuelo. La Pista de Vuelo estaba cubierta por una cúpula gigantesca y transparente que se retiraba apretando un botón. De esa manera, los superhéroes tenían la opción de volar más alto o de practicar vuelos acrobáticos en formación, unos al lado de los otros, uno de los números más esperados de la Noche de las Familias. La cúpula estaba flanqueada por misiles, asteroides de todo tipo y varios proyectiles para las prácticas de vuelo defensivo, y en lo alto había dispuestas máquinas que provocaban tormentas, granizo y rayos.

—¡Wonder Woman! ¡Bienvenida! —exclamó Red Tornado, afamado volador y profesor de vuelo—. Es un honor tener a la hija de Hippolyta, reina de las amazonas, en mi clase. ¿Sabes que conocí a tu madre en la CLXXVII Cumbre de Verano? Y aunque dudo que ella se acuerde de mí, te aseguro que yo sí de ella. —Hizo una pausa para recuperar el aliento, ensimismado en sus recuerdos, con la mirada perdida en el cielo, hasta que carraspeó y volvió a la Tierra—. ¡Envíale saludos de mi parte!

La joven lo apuntó en su lista de asuntos pendientes.

—Mira, el perrito faldero del profe —susurró alguien tan alto que lo oyó toda la clase.

Wonder Woman miró a su alrededor buscando un perro, pero no vio nada. Ella siempre había querido tener un ualarú, pero su madre decía que exigían demasiados cuidados.

—Yo me encargaré del entrenamiento de los voladores del equipo del Supertriatlón. Aunque nadie tiene un puesto garantizado, me hago una ligera idea de quién podría estar a la altura —dijo Red Tornado—. ¡Incluso podría tratarse de alguien de esta clase!

Guiñó un ojo a Wonder Woman.

Sin saber muy bien qué hacer, ella le devolvió el guiño. Algunos alumnos intercambiaron miradas de soslayo entre ellos. Frost y Cheetah guiñaron el ojo a su nueva compañera, y ella se lo guiñó a ellas, y luego al resto de la clase, que respondió del mismo modo.

—¡Atento todo el mundo! —ordenó Red Tornado mientras se elevaba en el aire, girando sobre sí mismo y creando un auténtico tornado rojo—. ¡Los no voladores, a un lado!

—¿Por qué nos separan? —preguntó Wonder Woman a Hawkgirl, que acababa de desplegar sus impresionantes alas.

—Los no voladores vienen a observar y a aprender sobre formaciones de vuelo, aerodinámica y navegación. Podría serles de ayuda a la hora de entrar en combate —le contestó en susurros.

Red Tornado la había oído e intervino:

—Hay que estar siempre a la ofensiva. ¡Conoce a tu enemigo y anticípate a sus acciones! ¡Muy bien, vamos con el primero! ¿Quién se ofrece como voluntario?

Beast Boy hizo el gesto de dar un paso al frente, pero Star Sapphire se le adelantó.

—¡Arnés! —ordenó. El anillo de color violeta que llevaba en el dedo empezó a brillar.

Al instante, Miss Martian, que ese día era la encargada de los arneses, le colocó el cinturón de seguridad especial que Red Tornado manejaba por control remoto. Star Sapphire se elevó en el aire con suma desenvoltura, adoptando posturas elegantes. A pesar de la distancia, Wonder Woman vio el brillo del anillo, que bañaba de color morado pastel a los alumnos que la contemplaban desde tierra.

—Es increíble —comentó, incapaz de apartar los ojos de Star Sapphire y el halo morado que la envolvía—. Ojalá me pareciera más a ella.

—Creo que me he enamorado —dijo Beast Boy, admirándola embobado—. Y estoy seguro de que Star Sapphire también me quiere.

Katana, que se encontraba a la sombra de un viejo bombardero invisible, negó con la cabeza y soltó un resoplido.

—Se están dejando engañar. Star Sapphire es muy vanidosa. Corre el rumor de que está intentando convencer a sus padres para aparecer en la portada de *Super Hero Supermodel* y que les ha suplicado que compren la empresa.

—Quedaría muy bien en la portada —musitó Wonder Woman. Beast Boy asintió, completamente de acuerdo.

La siguiente fue Hawkgirl. Wonder Woman, a rebosar de cereales azucarados, empezó a dar saltitos. «¡Qué divertido!», pensó. Hawkgirl realizó un vuelo y un aterrizaje de precisión, demostrando ser una voladora consumada.

A lo largo de la hora de clase se produjeron algunos accidentes espectaculares. De no ser por el arnés de seguridad, un cincuenta por ciento o más de los alumnos voladores habrían acabado en urgencias. A pesar de que la mayoría de los estudiantes aplaudían el esfuerzo que realizaban sus compañeros, había alumnos no voladores —como Frost, Cheetah y Golden Glider— que parecían pasárselo mejor criticándolos.

Cuando le llegó su turno, Bumblebee realizó una vuelta impecable al circuito de vuelo. Wonder Woman empezó a dar saltitos y la aplaudió, mientras que Frost y Cheetah se mantuvieron muy calladas.

—Es probable que nuestro siguiente volador les pueda enseñar un par de cosas —anunció Red Tornado—. Tomen apuntes, clase. ¡Tomen apuntes!

Wonder Woman sacó la libreta y miró a su alrededor, impaciente por aprender. Al ver que nadie daba un paso al frente, sintió el silencio incómodo que se instaló en el aula.

El profesor se aclaró la garganta y le hizo un gesto con la cabeza. Wonder Woman se aclaró la garganta y le devolvió el gesto. A continuación, él le indicó el circuito de vuelo y ella lo imitó.

—Tu turno, Wonder Woman —dijo él al fin, estirándose la capa.

—¿Yo? —preguntó ella sorprendida—. Está bien, pues allá voy —dijo.

Justo cuando estaba a punto de despegar, se disparó una estruendosa alarma. Wonder Woman retrocedió. ¿Qué había hecho? La alarma no se detenía.

—¡La Campana de Salvación! —gritó Bumblebee, y echó a volar por los pasillos, avisando a todo el mundo.

—¡Campana de Salvación! —anunció una voz por el sistema de megafonía.

Antes de que a Wonder Woman le diera tiempo a preguntar qué se suponía que debían hacer, todo el mundo había desaparecido. Se había quedado sola en la Pista de Vuelo.

Salió para ver a qué se debía todo aquel revuelo, pero sólo vio un torrente de superhéroes que se dirigían en su dirección hablando animadamente. Por lo que pudo entender, Golden Glider estaba a punto de patinar hacia la victoria cuando The Flash se le había adelantado y había resuelto la situación.

—Es un simulacro —le explicó Bumblebee, mientras enlazaba su brazo con el de Wonder Woman de vuelta a la clase—. La Campana de Salvación es un ejercicio para comprobar si sabemos lo que hay que hacer en caso de emergencia. Hoy los profesores han lanzado proyectiles envenenados a un solar. Sólo ha sido un ensayo, pero nunca sabes cuándo va a sonar la alarma de verdad.

A Wonder Woman le gustaría ser capaz de reaccionar adecuadamente el día en que la Campana de Salvación sonara ante una emergencia real, pero hasta entonces, aún tenía que demostrar a Red Tornado lo que era capaz de hacer.

Cheetah esbozó una ligera sonrisa cuando la chica nueva se dirigía a la plataforma de despegue.

—No es por presionar, pero tu madre es una voladora famosa —le dijo—, y si no vuelas de manera impecable, la decepcionarás. ¡Ah, mira, ahí está Harley!

Su compañera de cuarto la saludó levantando la cámara.

Wonder Woman pensó en su madre. Le había prometido que la haría sentirse orgullosa, pero nunca había volado en aquel circuito. La energía que hasta entonces le había proporcionado el azúcar que había tomado en el desayuno desapareció de pronto, y en lugar de una dulce emoción sintió una amarga incertidumbre.

—A tu puesto, Wonder Woman —dijo Red Tornado—. ¿Preparada para dar un verdadero espectáculo? —No esperó a que le respondiera—. Muy bien, ¡demuéstrales cómo se hace! Tres, dos, uno..., ¡adelante!

CAPÍTULO 7

Todos los ojos estaban puestos en la nueva estudiante de Super Hero High de la que tanto habían oído hablar. La misma que, supuestamente, iba a llevar al colegio a la victoria en el Supertriatlón. La única e inimitable Wonder Woman.

La joven se colocó en la plataforma de despegue. Se ajustó el arnés de seguridad, aunque estaba convencida de que no lo necesitaría. Aparte del leve zumbido que producía Bumblebee, que se había hecho diminuta, el silencio reinaba en la Pista de Vuelo Ferris.

Red Tornado apenas era capaz de contener la emoción. Cogió aire y gritó:

—¡Adelante!

Al momento, Wonder Woman ya estaba en el aire. Sus compañeros de clase se quedaron atónitos ante lo que veían mientras ella surcaba el cielo a gran altura. Algunos incluso ahogaron un grito. Otros se quedaron boquiabiertos. Era espectacular.

Espectacularmente malo.

Wonder Woman hizo todo lo que pudo para recuperar

el control mientras iba rebotando adelante y atrás por la Pista de Vuelo, golpeando las paredes laterales transparentes de goma ultrarresistente y reforzadas con barras de titanio entrecruzadas. Había calculado mal el despegue, se había elevado demasiado deprisa. Sin embargo, al intentar rectificar el rumbo en pleno vuelo, un destello procedente de abajo la cegó unos instantes. Desconcentrada, lo único que le vino a la cabeza fue lo que Cheetah había dicho sobre su madre: «Si no vuelas de manera impecable, la decepcionarás».

Desde lo alto, daba la impresión de que todo el mundo estaba dando vueltas en el suelo. «O puede que sea yo la que está girando», pensó Wonder Woman. La única persona a la que distinguía con claridad era a Red Tornado, y daba la sensación de que acababa de chupar un limón, o incluso dos. Cuanto más pensaba en él y en lo que él debía pensar ahora de ella, peor volaba. Al final, el profesor hizo sonar el silbato y recuperó a su nueva alumna manejando el arnés de seguridad por control remoto. Su actuación había sido, como se oía repetir entre susurros, «un desastre».

El resto de sus compañeros voladores rehuyeron su mirada, y cuando se volvió hacia los no voladores, las únicas que la miraron a los ojos fueron Cheetah y Frost. La primera le guiñó un ojo, mientras que Frost se concentró en su espejito de bolsillo para aplicarse el pintalabios azul.

Miss Martian le quitó el arnés de seguridad en silencio y se volvió invisible para no tener que decirle nada sobre el desafortunado vuelo.

—Nos ha pasado a todos —comentó Hawkgirl, intentando consolar a su amiga.

—Yo meto la pata continuamente —aseguró Bumblebee. Pero Wonder Woman sabía que sólo intentaba animarla. Harley le había dicho que, aunque los padres de Bumblebee no eran superhéroes, el traje que se había confeccionado, además de su ADN único, la convertían en una excelente voladora—. Y con todo el mundo mirándote... —prosiguió su amiga—. Bueno, es lógico que te hayas puesto nerviosa.

Sin embargo, lo más raro de todo era que no estaba nerviosa. Sí, había ascendido demasiado rápido, pero ya le había sucedido otras veces, cuando calculaba mal la dirección del viento o no tenía en cuenta las aves que pasaban en ese momento o las naves que volaban bajo. Sin embargo, esa vez había sido incapaz de corregirse a tiempo y había dejado que la asaltaran las dudas. ¿Cómo iba a salvar el mundo si ni siquiera era capaz de volar debidamente?

En ese momento, Wonder Woman se fijó en que Harley estaba haciéndole señales con la cámara levantada en alto.

—¡Lo tengo! —exclamó la chica—. ¡A los www les va a encantar!

—¿Quiénes son los www? —preguntó Wonder Woman con los hombros hundidos.

—¡Tus fans! Los he llamado así inspirándome en las iniciales de tu nombre. ¡Hay millones! Bueno, puede que sólo cientos, pero será por poco tiempo. Les encantan los videos exclusivos en los que sales. Mi objetivo es aumentar las visitas y, con tu ayuda, ¡la HQTV será el medio de comunicación con más audiencia! ¡Eres mi arma nada secreta!

Wonder Woman no quería ser un arma nada secreta,

pero su madre le había dicho que, como superheroína, era un ejemplo para seguir, y aparecer en las noticias formaba parte del trabajo.

—Sólo es información y entretenimiento —le explicó Harley, ejecutando un doble mortal hacia atrás sin soltar la cámara—. Mis videos hacen un servicio a la comunidad. Si no puedes estudiar en Super Hero High, ¡al menos puedes ver qué se cuece en su interior!

Wonder Woman se fijó en una chica de aspecto serio que se mantenía a un lado, tomando apuntes. El pelo negro le llegaba por debajo de los hombros, y llevaba una camiseta blanca impoluta y unos jeans arremangados e impecables.

—Qué collar tan bonito —comentó Wonder Woman. La chica sonrió con gesto cordial y amable.

—Gracias —dijo—, aunque ¿quieres saber un secreto? Wonder Woman asintió.

—No es un collar..., es mi pase de prensa.

La joven le tendió una mano mientras la superheroína pensaba en lo que acababa de decirle.

—Me llamo Lois Lane. Soy una reportera del Metrópolis High y cubro el tema de los superhéroes. Puedes encontrar mis artículos en mi página web *Super News*. ¡Eeeh! —exclamó Lois de pronto—. Tremendo apretón de manos. ¡Será mejor que te relajes un poco con nosotros los mortales! ¿Estarías dispuesta a concederme algún día una entrevista? —preguntó mientras intentaba contener el dolor—. Los ciudadanos de Metrópolis quieren saberlo todo acerca de la nueva superheroína que va al colegio de su ciudad. ¿Qué me dices? Te llevaré a probar el mejor batido de frutas y las mejores papas fritas de boniato que hayas comido nunca.

A Wonder Woman no le apetecía nada atraer aún más atención de los medios de comunicación, pero Lois Lane parecía agradable y, bueno, nunca había comido papas fritas de boniato. ¿Sabrían igual de dulces que los cereales?

—Claro —contestó, y guardó silencio un instante—. ¿Vas a escribir acerca de lo mal que lo he hecho en la clase de vuelo?

La periodista negó con la cabeza.

—Estoy segura de que encontraré algo más interesante que publicar.

—Gracias —dijo la joven superheroína, agradecida. Deseaba pedirle a Harley que dejara de colgar sus videos, pero no era de las que iban diciéndole a la gente lo que tenía que hacer... Salvo, claro está, que fuera necesario para salvar el mundo.

Wonder Woman esperaba con impaciencia la clase de Superhéroes a lo Largo de la Historia. Pensó que le ayudaría a olvidar su desastroso vuelo. «Conocer el pasado puede ayudarnos a prepararnos para el futuro», decía siempre su madre.

—¡Aquí! —la llamó Katana.

La superheroína de Paradise Island se abrió paso hasta sus amigas, procurando no pisar las armas que abarrotaban los pasillos. Se sorprendió al encontrar una nota en su mesa al tomar asiento. Miró a su alrededor, sin saber muy bien qué hacer. Esperaba que no fuera un mensaje como el que había recibido esa mañana, el que decía que no era bienvenida en Super Hero High.

—Ábrela —musitó Poison Ivy.

Wonder Woman desdobló el trozo de papel con sumo cuidado y sonrió al ver lo que aguardaba en su interior: un dibujo de Poison Ivy, Hawkgirl, Katana, Bumblebee y ella, con un texto que decía: «¡¡¡LAS CINCO MAGNÍFICAS!!!». Cuando miró a su alrededor, sus amigas le sonreían.

—¿Las Cinco Magníficas? —preguntó.

—Podría ser nuestro nombre de equipo. No sé... Tal vez —dijo Poison Ivy mientras sus mejillas se volvían de un tono rosado que hacía juego con el prendedor en forma de flor que llevaba.

—¡Atención todo el mundo! —dijo Liberty Belle, haciendo sonar una pequeña Campana de la Libertad que había encima de su mesa.

Wonder Woman se metió el trozo de papel en el bolsillo. Quería conservarlo para siempre.

Mientras la profesora hablaba, admiró su melena rubia y el emblema de la Campana de la Libertad que adornaba su suéter.

—Es todo un placer dar la bienvenida a mi clase a Wonder Woman —dijo Liberty Belle. Tenía una voz potente y clara—. Para celebrar que estás aquí, ¡hoy daremos una clase especial!

La chica contuvo la respiración al ver la foto que se proyectaba en la pantalla ante todos los alumnos.

—Hippolyta es la célebre reina de las amazonas —prosiguió Liberty Belle, llevándose las manos al corazón antes de añadir—: y uno de mis personajes históricos preferidos. Según cuenta la leyenda, gobierna una isla habitada por mujeres guerreras y tiene una hija. Wonder Woman, levántate, por favor.

Se oyó algún que otro aplauso, aunque los más entusiastas procedían de su zona.

—¡Soy la mayor fan de tu madre! —dijo la profesora entusiasmada—. He leído todos los mitos y leyendas que se han escrito sobre ella.

A medida que nombraba las alabanzas sobre su madre, Wonder Woman empezó a dudar de si algún día llegaría a estar a la altura del legado de la reina amazona. De pequeña, siempre había creído que no había en todo el universo alguien como su madre, inteligente, fuerte, amable y generosa. Sin embargo, no sabía que el resto del mundo también opinaba lo mismo... y que todos esperaban que ella fuese como su madre. Eso era mucho pedir. Tal vez demasiado.

Liberty Belle continuó hablando, pero la única persona que no tomó apuntes fue Wonder Woman. No le hacía falta. Miró la libreta y se sorprendió al ver encima otra nota doblada. Sonrió. Esperaba que fuera otro dibujo de sus amigas y ella.

Pero no.

Dentro, en letra mayúscula, leyó el siguiente mensaje: «¿Te has hecho daño con tanto golpe? Te apuesto lo que quieras a que tu madre nunca se ha golpeado mientras volaba».

Wonder Woman miró a su alrededor. Todo el mundo miraba hacia delante, a la profesora. Todo el mundo, menos Cheetah..., que la miraba directamente a ella.

CAPÍTULO 8

Después de clase, Cheetah estaba junto a su casillero cuando Wonder Woman y Katana pasaron junto a ella.

—¿Wonder Woman, Mujer... Maravilla? —dijo Cheetah algo más alto de lo necesario—. ¿No es un poco prematuro llamarte mujer?

Katana se volvió en redondo.

—Relájate, Cheetah —le advirtió en un tono bajo y amenazador.

—Relájate tú, Katana —siseó la chica.

Se lanzaron una mirada asesina. Ninguna de las dos estaba dispuesta a ceder, parecían dispuestas a saltar una sobre la otra.

Wonder Woman se interpuso entre ellas.

—¡Hay que ir a clase! —dijo alegremente, y se llevó a Katana.

Cheetah sonrió con desdén.

La mirada de Katana era tan afilada como la hoja de su espada.

—No te fíes de ella —recomendó a Wonder Woman, que tiraba de ella por el pasillo—. Mi abuela siempre decía que hiciera caso a mi instinto, y el instinto me dice que Cheetah no es sincera.

—¿Estás muy unida a tu abuela? —preguntó. Ella no había conocido a la suya, y su madre nunca hablaba de ella.

La mirada de Katana se dulcificó, y asintió con la cabeza. De pronto, el aspecto intimidante de la guerrera asiática desapareció. Parecía abatida.

—Sí... Fue ella quien convenció a mis padres para que me dejaran venir aquí. Mi abuela fue la primera superheroína samurái. Yo espero ser la segunda. —Guardó silencio unos instantes—. Sobo murió luchando sola contra el ejército de un malvado señor de la guerra que había estado haciendo estragos en nuestro pueblo. —Enderezó la espalda y apartó de su cabeza aquellos tristes recuerdos—. Estoy aquí para honrarla. —Suspiró y, a continuación, le confesó—: Pero no sé si seré capaz de estar a la altura del legado de mi abuela.

Wonder Woman asintió. Sabía lo difícil que resultaba tener que estar a la altura de una leyenda.

Esa noche, en el comedor, los trabajadores de las cocinas sonreían de oreja a oreja.

—Tienes unos cuantos fans por aquí —dijo Parasite mientras fregaba un recipiente de tapioca y leche que se había caído al suelo. Nadie les había dicho nunca lo mucho que les gustaba su comida. Sin embargo, Wonder Woman adoraba los daditos de pollo con salsa espesa sobre un pan. No había nada mejor. ¿Y la gelatina? «¡Buenos días, gelatina bailarina!», exclamaba cada vez que la tocaba. ¿Quién iba a decir que la comida podía ser tan divertida... o que temblara?

Wonder Woman llevaba su bandeja, sorteando mesas y estudiantes, cuando estuvo a punto de volver a tropezar con Star Sapphire.

—¡Lo siento! —exclamó, levantando la bandeja en alto para evitar el choque. Al hacerlo, vio el anillo de la superheroína—. Precioso —dijo, incapaz de apartar la mirada de él.

—Me lo regalaron los Violet Lantern.

—¡Qué detalle de su parte!

—Lo sé —contestó Star Sapphire mientras le hacía un gesto a Golden Glider para que se acercara.

—Y tu prendedor también es muy bonito —dijo Wonder Woman, señalando el broche que Golden Glider llevaba en el hombro derecho—. ¿LIVE? —leyó sin apartar la mirada del prendedor—. ¿Tiene algún significado especial o simplemente es un canto a la vida?

—¿Quién sabe? —contestó Golden Glider, encogiéndose de hombros y alejándose sobre sus patines con Star Sapphire.

Wonder Woman se quedó desconcertada.

—¿Y dónde puedo encontrar a ese «quién»? —preguntó, pero las otras dos chicas ya estaban en la otra punta del comedor.

—Star Sapphire es una Violet Lantern —le explicó Katana más tarde. Lanzó una hoja de papel al aire, realizó varios movimientos con la catana y le tendió a Wonder Woman un papel picado con superhéroes—, y con su anillo consigue que te caiga bien.

—Pásame las palomitas, por favor —pidió Bumblebee. Se sirvió más en su plato y luego las cubrió de miel. Sorprendía que alguien que podía hacerse tan pequeño tuviera un apetito tan voraz.

Las amigas de Wonder Woman se habían reunido en su habitación. Algunas estaban sentadas en su cama, otras en la de Harley y de vez en cuando alguien se estiraba y se quedaba flotando en el aire.

—¿Una galleta? —preguntó Hawkgirl al tiempo que abría una lata de galletas con trozos de chocolate caseras que la abuela Muñoz le había enviado en el paquete semanal.

—Mi abuela solía hacer pasteles entre un combate y otro —explicó Katana.

—La mía era una heroína casera —dijo Hawkgirl.

Wonder Woman le dio un mordisco. Estaba crujiente por fuera y blandita por dentro, y se notaba la mantequilla entre una capa y otra.

—Dejó a un lado sus obligaciones como heroína y me crio ella sola desde que yo era un bebé —prosiguió Hawkgirl.

Se hizo un silencio incómodo. Nadie preguntó qué les había pasado a sus padres. El número de superhéroes huérfanos parecía excepcionalmente elevado en Super Hero High. Gajes del oficio.

—Lo siento mucho —dijo Wonder Woman. La sola idea de perder a su madre la obligó a reprimir las lágrimas—. Me imagino que debe de ser muy duro...

—Por supuesto que lo es —contestó Katana con voz cortante. Wonder Woman recordó que la guerrera asiática había perdido a su querida abuela en combate—. Por eso nos lo tomamos mucho más en serio. A diferencia de algunos aspirantes de pacotilla, conocemos los riesgos. Ser un superhéroe no es sólo pasárselo bien. Puede ser cosa de vida o muerte.

—¿Y si nos centramos en lo que hemos venido a hacer? —propuso Bumblebee alegremente en un intento de borrar la tristeza que amenazaba con arruinarles el día—. Hemos acordado que ayudaríamos a Wonder Woman a encontrar un nombre.

La superheroína de Paradise Island les había pedido sugerencias. Estaba convencida de que Cheetah sólo intentaba fastidiarla al burlarse de su nombre. Aun así, su comentario había hecho que se planteara encontrar algún apodo.

—En mi isla no hay diferencia entre una chica y una mujer —explicó Wonder Woman, tratando de justificarse—. Cualquier chica es una mujer y cualquier mujer es una chica. ¡Pero un apodo estaría genial!

Cuando ya no quedaba ninguna galleta, se concentraron en la lluvia de ideas. A todo el mundo se le ocurrió algo...

—¿WoWo? —propuso Bumblebee.

—¿Doble Uve Doble? —dijo Katana.

—¿Amazombi? —sugirió Hawkgirl.

—¿Wonderrama? —aventuró Poison Ivy.

Continuaban aportando sugerencias cuando la puerta se abrió de par en par y Harley entró como un torbellino.

—¡Hola a todas! ¡Tengo que irme! —exclamó tras coger la última galleta y la cámara—. ¡No digan nada fascinante si no estoy yo aquí para grabarlo!

Y se fue.

Katana estaba a punto de abrir la boca cuando Harley volvió a entrar de un salto en la habitación.

—¡Wondy! ¡Deberíamos llamarla Wondy! —propuso, y volvió a desaparecer.

Todas guardaron silencio mientras le daban vueltas.

—¿Wondy? ¡Wondy! Me gusta —dijo Wonder Woman al final.

Las chicas empezaron a corear «¡Wondy, Wondy, Wondy!», y cada vez sonaba mejor.

—Pues parece que ya tienes un apodo —comentó Katana.

—Gracias a todas. Y en especial a Harley —dijo Wonder Woman, Wondy, sintiéndose como en casa.

Más tarde, después de que las chicas se fueron, Harley regresó y soltó la cámara.

—Un pajarillo me había dicho que algunos súpers iban a mover la Torre Amatista para divertirse un rato, pero por lo visto sólo se trataba de un rumor —explicó la reportera con cara de decepción—. ¿Ya te has decidido por un apodo?

—¡Wondy! —contestó Wonder Woman.

—¡Es el que se me ocurrió a mí! —exclamó Harley, animándose de nuevo.

La superheroína de Paradise Island asintió.

—¡Genial! —exclamó su compañera de habitación, sin parar de rebotar contra las paredes—. Ya tengo otra exclusiva para la HQTV. ¡Nos entrevistaré a ambas! ¡Sí! ¡Voy a levantar el mayor imperio audiovisual del mundo, y tú vas a formar parte de ello, Wondy!

—¿Es obligatorio? Quiero decir..., ¿de verdad me necesitas?

—Pues claro que sí —aseguró Harley—. No te preocupes, nunca te dejaría al margen.

—Ah, ok —contestó Wonder Woman. No quería echar por tierra los planes para la dominación audiovisual del mundo de su compañera de cuarto.

Esa noche, a pesar de lo cómoda que era la almohada y el consuelo que le ofrecía, a Wonder Woman le costó dormir. Había oído hablar de la rapidez con que crecía el canal de video de Harley, y, además, *Super News* de Lois Lane le había dedicado un artículo entero. Y ahora que su compañera periodista iba a dedicarse en cuerpo y alma a la HQTV, sabía que la presión a la que ella tendría que enfrentarse sería aún mayor: todo el mundo estaría atento a cada uno de sus pasos.

¿Y si no estaba a la altura? ¿Y si decepcionaba a la gente?

CAPÍTULO 9

Ayer se había levantado siendo Wonder Woman, pero hoy se despertó siendo Wondy. Gracias a la «exclusiva» de Harley, no había nadie en Super Hero High o fuera de él que no hubiese oído hablar de su nuevo nombre. Cuando entró en su correo electrónico, su madre había escrito: «¿Wondy? Al principio no acababa de convencerme tu nuevo apodo, pero cuanto más lo repito, más me gusta. Estás desarrollando tu propia identidad en Super Hero High. Te apoyo. Hija —proseguía el correo—, ¿te cuento un secreto? Cuando tenía tu edad, mis amigas me llamaban Lyta».

Lyta. La joven lo pronunció en voz alta: «Lyta». Era precioso. Como su madre.

Le escribió para agradecerle su comprensión, pero no mencionó las expectativas que todo el mundo tenía depositadas en ella por ser la única hija de «Lyta», reina de las amazonas. No quería preocuparla.

★

Una paleta de colores vivos entró majestuosamente en la clase de Introducción a Supertrajes. Wonder Woman ahogó un grito de asombro ante la espectacularidad. El profesor iba ataviado con un conjunto de colores llamativos: pantalones anchos de corte europeo, un chaleco de *patchwork* multicolor, una camisa de un morado rabioso a juego con una corbata de nudo francés y unas gafas con unos cristales inverosímiles de tres colores distintos. El pelo fue lo que realmente la fascinó. Parecía falso, como si llevara un casco. «Igual es un casco», pensó. ¡Qué ingenioso! Utilizar el propio pelo como protección.

Katana, que llevaba la larga y lacia melena retirada sobre un hombro, le dio un codazo suave.

—Te van a entrar moscas —le susurró.

La joven cerró la boca y apoyó la espalda en el respaldo de la silla.

—Bienvenida, Wonder Woman —dijo el profesor—. ¡Soy mundialmente conocido como Crazy Quilt! ¡Sí, ante ustedes tienen al mismísimo Crazy Quilt! —dijo, y posó para que la clase tuviera tiempo de admirar su conjunto. A continuación paseó la mirada por el aula y fue negando con la cabeza hasta que llegó a Star Sapphire, que llevaba un elegante vestido corto de color violeta sobre unas mallas plateadas y unos tenis de bota hechos a medida, con purpurina plateada. Crazy Quilt asintió complacido—. No está mal —le dijo a la Violet Lantern—. No está mal. No está bien..., pero no está mal. Mal, sí. Bien, sí. Diría mal-bien. Sí, acabo de inventar una nueva palabra: «mal-bien».

Wonder Woman escribió «mal-bien» en su libreta.

—Wonder Woman, los demás estudiantes ya han diseñado los trajes de superhéroe por los que se les conocerá, así que tendrás que ponerte al día. Como ya les he dicho muchas veces, tu estilo es tu carta de presentación. No se califica sólo el diseño, sino también que resulte práctico y efectivo para el superhéroe. Además, los accesorios son importantes, pueden encumbrar o hundir a un superhéroe. Tal vez te cueste creerlo, pero no siempre he sido este genio de la moda que ves ahora; por eso, cuando miro a mi alrededor, pienso: «¡Sí! Todavía hay esperanza con ustedes». —Guardó silencio un instante y, acto seguido, añadió con tristeza—: Con algunos más que con otros.

»Mis zapatos pueden ocultar todo tipo de armas —prosiguió Crazy Quilt al tiempo que se inclinaba para sacar una minipistola de rayos de la suela del zapato. Cuando perdió el equilibrio y se cayó, algunos alumnos ahogaron una risita—. Por consiguiente —continuó, poniéndose en pie de un salto, fingiendo que no había pasado nada—, como pueden ver todos, ¡moda y funcionalidad deben ir unidas en sus trajes de superhéroe!

Se aplaudió a sí mismo y anunció:

—Bueno, pues manos a la obra. Superhéroes, continuen con sus trajes. Asegúrense de que son resistentes al fuego, al agua y a todo tipo de fenómenos atmosféricos. Wonder Woman, los equipos ya están hechos, pero voy a ponerte con Star Sapphire y Golden Glider. Ellas te ayudarán, te aconsejarán y harán una crítica constructiva de tu trabajo. Todo el mundo deberá presentar su traje dentro de dos meses, y ¡el que saque mejor nota se llevará el codiciado Premio Crazy Quilt!

Wonder Woman sonrió y saludó a Star Sapphire, que siempre parecía recién salida de las páginas de la revista

Super Hero Supermodel, tanto por la ropa elegante y brillante como por su modo de comportarse. La chica le respondió con un gesto de cabeza apenas perceptible.

—Bienvenida a nuestro equipo —dijo Golden Glider al tiempo que ejecutaba una pirueta perfecta y se detenía a escasos centímetros de Wonder Woman—. Queremos ganar, así que procura no fastidiarlo, ¿de acuerdo?

—De acuerdo —contestó. No tenía ninguna intención de fastidiarlo.

Mientras Crazy Quilt daba vueltas por la clase comparando los peligros que suponían para los trajes las tormentas de hielo, de polvo y de polillas, Wonder Woman observaba a los demás equipos. Se fijó en Katana y Hawkgirl, sentadas juntas. La primera iba moderna y atrevida mientras que la segunda vestía de manera tradicional. Bumblebee y Cyborg charlaban alegremente, a diferencia de Cheetah y Harley, empeñadas en hablar las dos al mismo tiempo. Entretanto, Green Lantern y Frost estaban muy ocupados ignorándose completamente.

—¡Atención todo el mundo! —pidió Crazy Quilt.

El profesor empezó a comentar los aciertos y los errores de los superhéroes que aparecían en la pantalla. Wonder Woman tomó apuntes y sacó fotos.

—Su estilo dice mucho de ustedes —dijo Crazy Quilt—, o se tiene o no se tiene.

Cheetah se inclinó hacia Star Sapphire y dijo:

—¡Y es evidente que nuestros compañeros no lo tienen!

Mientras ambas reían, Wonder Woman escribió en su lista de asuntos pendientes: «Tener estilo».

—A diferencia de otros colegios —siguió explicando Crazy Quilt—, Super Hero High se enorgullece de fomentar la libertad de expresión de sus alumnos. No sólo está bien mezclar diferentes estilos, y, por ejemplo, llevar la parte de arriba de tu traje de superhéroe con unos jeans y una máscara, ¡sino que los animamos a hacerlo! Las capas están de moda tanto entre los voladores como entre los no voladores. El año pasado, las máscaras arrasaron, y el anterior era imposible encontrar unos guantes esquivaláseres decentes del éxito que tuvieron.

Wonder Woman se preguntó si alguna vez se pondría de moda la falda pantalón que había llevado la mayor parte de su vida. Era de lo más cómoda, pero quizá no estaría mal probar unas mallas. Y unas botas. Con las botas te ahorrabas algunos de los inconvenientes que tenían las sandalias, como que se te metiera una piedra. Además, ¡seguro que las botas eran más adecuadas para echar las puertas abajo y neutralizar al enemigo!

Sí, decidió que había llegado la hora de renovar por completo su traje.

Esa noche, mientras Harley practicaba saltos mortales hacia atrás y puñetazos laterales, ella se entretenía blandiendo la espada que le había prestado Katana. Tenía que recuperar el tiempo perdido. «Hacer un traje no puede ser tan difícil», pensó Wonder Woman. Había estudiado esos videos donde prometían: «¡Diseña un traje que será la envidia de todos tus amigos en tres sencillos pasos!».

Con gran entusiasmo, empezó a cortar con la espada la tela que se había traído de clase. Se alejó un poco y observó su obra. Satisfecha, atrapó con el lazo algo que había en la otra punta de la habitación, aunque estuvo a punto de alcanzar a Harley, que, por supuesto, la grababa con interés. Wonder Woman abrió el costurero y sacó unas agujas largas y de aspecto amenazador.

—¡Lo único que tengo que hacer es unir estos trozos!
—explicó.

Harley dejó la cámara.

—¿Qué es eso? —preguntó.

—Mañana hay que presentar un diseño preliminar en
la clase de Crazy Quilt, pero se me ha ocurrido traerme
algo de tela y probar unas cuantas ideas. ¿Qué te parece?
—Sostuvo el traje delante de ella con orgullo.

Su compañera de cuarto entrecerró los ojos y parpadeó.

—No hay palabras para describirlo —dijo con sinceridad.

Wonder Woman dejó escapar un enorme y feliz suspiro.

—¡Gracias, Harley! Tenía miedo de que pareciera ridículo.

Al día siguiente, no veía el momento de que llegara la
hora de la clase de Crazy Quilt. Había dejado el traje provisional en la habitación, pero llegó al aula cargada con
un montón de hojas llenas de dibujos basados en su diseño. Katana quería que su traje fuera ignífugo y sólo
había tres bocetos en su libreta. A Wonder Woman le
parecieron todos iguales.

Star Sapphire se negó a dejarle ver lo que había hecho.

—El factor sorpresa es lo mejor para este tipo de diseños —dijo, mientras Golden Glider asentía detrás de ella.

Wonder Woman la imitó. Le gustaba formar parte de
un equipo. Su madre siempre le había dicho que el factor

sorpresa era lo más importante a la hora de luchar, pero nunca hubiera imaginado que lo mismo servía para la ropa.

Crazy Quilt dio una palmada.

—¡Hoy espero ver diseños ideales! —exclamó—. Cuando tenía su edad, llevábamos camisetas teñidas con la técnica del anudado, chalecos con flecos, cintas para la cabeza y sandalias. Estoy deseando ver lo que se les ha ocurrido.

Hawkgirl y Katana fueron las primeras. Hawkgirl mostró una hoja donde había dibujado con lápiz un traje sencillo de una sola pieza.

—Katana, ¿qué te parece el diseño de tu compañera? —preguntó el profesor.

—Es muy funcional. Aerodinámico. No es muy elegante, pero es del estilo de Hawkgirl, que siempre quiere pasar desapercibida. Me parece un buen trabajo.

Crazy Quilt asintió.

—Sí, sí, ser discreto es una opción muy audaz y atrevida. Desde luego es algo que yo nunca he sido capaz de hacer —murmuró pensativo—. Muy bien, Katana, enséñanos el tuyo.

La joven presentó los diseños que había hecho en su libreta.

—Sencillo y elegante —dijo su compañera, levantándose de la silla—. La combinación de distintas tonalidades de negro lo hace perfecto para moverse de noche con sigilo.

—¡Eso era lo que buscaba! —exclamó Katana, sonriendo a su amiga.

Crazy Quilt estudió los dibujos con detenimiento mientras asentía con la cabeza.

—¡Mal, bien, mal-bien! —dijo—. Mmm... Pero ¿taaanto negro? No es para un entierro. Bueno, tal vez el del enemigo, pero no el de ustedes. ¡Siguiente!

Los equipos fueron saliendo y presentando sus diseños. Después de los comentarios que hacían, el profesor ofrecía su opinión experta. Nunca se habían visto tantos mal-bien en una sola clase. Por fin llegó el momento de que el último equipo compartiera su trabajo con los demás.

—¿Nerviosa? —preguntó Star Sapphire.

—No —aseguró Wonder Woman—. ¿Y tú?

La Violet Lantern le sonrió con dulzura.

—¿Cómo voy a estarlo teniéndote a ti de compañera? —dijo.

—No te olvides de mí —añadió Golden Glider.

—Tienes razón. A las dos —rectificó Star Sapphire, dirigiéndoles una cálida sonrisa.

Wonder Woman le devolvió el gesto. ¡El colegio era incluso más divertido que perseguir cometas!

CAPÍTULO 10

Entre las observaciones y los frecuentes momentos en que Crazy Quilt se perdía en sus recuerdos, todas las parejas habían encontrado algo bonito que decir de sus compañeros de equipo. Incluso Cheetah había admitido que el diseño de los pantalones cortos de color azul y las mallas rojas y negras de Harley «no era espantoso».

Por fin les llegó el turno a Wonder Woman, Star Sapphire y Golden Glider.

—Tú primera —dijo la Violet Lantern con suma generosidad a Wonder Woman.

—¡Oh, no, tú primera! —repuso ésta, aunque se moría de ganas de oír los comentarios de sus compañeras de equipo sobre sus dibujos. Al fin y al cabo, había dejado prácticamente sin habla a Harley, y eso no ocurría todos los días.

—Sí, tú primera, Star —insistió Golden Glider.

Con un gesto digno de una supermodelo de pasarela, la diva del colegio enseñó su diseño. Mientras que los demás alumnos habían presentado los esbozos de sus trajes en cuadernos y libretas, ella había llevado un tablero de inspiración en el que no faltaban las muestras de tela, una carta de colores y fotos profesionales en las que lucía varios diseños.

Wonder Woman sonrió y se volvió hacia la clase.

—¡Está increíble! ¡Los colores! ¡El diseño! ¡El corte! ¡Me encanta! Creo que Star Sapphire debería ser nuestra embajadora de la moda —dijo, haciendo que la Violet Lantern se sonrojara.

—Rozando la perfección —añadió Golden Glider—. ¿Cómo lo haces?

Star Sapphire se encogió de hombros mientras su anillo no paraba de brillar.

Crazy Quilt se puso en pie de un salto para dedicarle una calurosa ovación.

—¡Maravilloso! Ideal, innovador y a la última. ¡Bien-bien!

Golden Glider fue la siguiente. Sus diseños llevaban al extremo lo que solía vestir habitualmente: había añadido brillantina blanca a la falda, que dejaba una estela detrás de ella cuando patinaba, un ribete de piel de imitación y en los hombros se veían unos adornos dorados y brillantes.

—No está nada mal... —admitió Star Sapphire.

—¡Qué bonito! ¡Qué increíble! ¡Qué todo! —comentó Wonder Woman.

La siguiente y última fue Wonder Woman, que abrió la libreta y la sostuvo por encima de su cabeza. Lamentó no haber llevado una muestra de la tela para enseñarla, como había hecho Star Sapphire. No le habría costado nada, después de todos los cortes que había hecho con la espada de Katana.

Muchos alumnos ladearon la cabeza para ver mejor

su dibujo. Green Lantern se frotó los ojos y volvió a mirarlo. Bumblebee parecía sorprendida.

—Golden Glider, ¿qué opinas? —preguntó Crazy Quilt. Estaba como embobada.

—No tiene nada que ver con lo que esperaba.

—¡Gracias! —musitó Wonder Woman.

—Star Sapphire, ¿tú cómo lo ves? —dijo Quilt.

—Creo... —empezó a decir con cautela—. Creo que es como si lo hubiera dibujado un cachorro. —Wonder Woman se quedó sorprendida, no sabía que los perros supieran dibujar. Sin embargo, Star Sapphire todavía no había acabado—. Hay que reconocerle que lo ha intentado —prosiguió. La superheroína de Paradise Island sonrió complacida, aunque la Violet Lantern aún tenía algo más que añadir—. Parece una mezcla entre traje cebra, vestido de novia y una fortaleza —concluyó.

—Gracias... —dijo Wonder Woman, algo confusa. ¿Star Sapphire acababa de criticar su diseño? A juzgar por las expresiones horrorizadas de Bumblebee, Katana y Hawkgirl, eso parecía.

Aun así, no permitió que aquellas críticas feroces la afectasen, e intentó aprender de ellas, tomando nota y pensando cómo podía mejorar su traje de superheroína. Aunque no pudo dedicarse a ello ese día, como hizo la mayoría de los alumnos, porque tenía que ir a otro sitio.

Wonder Woman, que había observado el trajín de Metrópolis desde los jardines de la azotea del colegio, se disponía a hacer su primera visita a la ciudad.

Edificios altos, modernos y relucientes se alzaban

junto a tiendas regentadas por comerciantes del lugar. Coches de todos los tamaños y colores pasaban volando por las calles. Había algunos mal estacionados, mientras que otros parecían apiñarse unos junto a otros.

Wonder Woman estaba poniéndolos bien cuando una mujer salió corriendo del Pinky's Nail Salon, visiblemente alterada.

—¡Espera! ¡Ése es mío! —gritó, agitando las manos en el aire, con las uñas recién pintadas de un color llamado melocotón intenso.

—Tiene un coche precioso, parece una cucaracha —dijo la superheroína mientras lo dejaba en el suelo—. Sólo estoy poniendo un poco de orden.

La mujer echó un vistazo a la calle. En ese momento, todos los coches estaban estacionados formando una línea recta, a la misma distancia los unos de los otros.

—¡Vaya, eso está muy bien! Gracias, Wonder Woman —dijo.

—¿Sabe cómo me llamo? —preguntó la chica, sorprendida.

—Pues claro, todo el mundo sabe quién eres. ¡Te seguimos por la HQTV desde que llegaste a Super Hero High! ¡Soy una www!

—Encantada de conocerla —dijo Wonder Woman, estrechando la mano de la mujer y poniendo sumo cuidado en no romperle ningún hueso. Habría sido de mala educación.

Prosiguió su camino hacia el Capes & Cowls Cafe cuando oyó un grito de socorro y echó a correr de inmediato hacia el lugar donde estaban pidiendo ayuda.

Vio a una mujer y a una niña junto al Donut Delite, un local con un letrero con forma de dona sobre la puerta. Frente a ellas había un tipo con pinta de maleante que le había robado el dinero y el teléfono a la madre y que estaba a punto de quitarle la bolsa de donas a la pequeña.

—¡Quieto! —ordenó Wonder Woman.

El hombre la apuntó con la pistola.

—No lo haga —le advirtió la superheroína.

—¿Que no haga esto? —se burló él, ¡y apretó el gatillo!

Wonder Woman se mantuvo firme en su sitio, la bala rebotó en uno de los brazaletes y cortó el cable que sujetaba el gigantesco cartel de dona. El ladrón levantó la vista en el momento en que el cartel caía sobre él. Quedó atrapado en el interior de la dona gigantesca, con los brazos pegados a los costados.

La superheroína de Paradise Island recogió la bolsa de donas y se la dio a la niña.

—¡Eres Wonder Woman! —exclamó la pequeña, impresionada.

Ella le sonrió mientras devolvía el dinero y el teléfono a la mujer.

—Debería llamar a la policía —le recomendó.

Cuando Wonder Woman llegó al Capes & Cowls Cafe, comprobó que casi se había retrasado dos minutos y medio, por lo que entró apurada y se disculpó con Lois Lane.

—No pasa nada —la tranquilizó la periodista—. Estabas ocupada impartiendo justicia y donas.

—¿Cómo lo sabes? —preguntó ella, sorprendida.

Bumblebee le había dicho que Lois Lane era una gran reportera, pero aquello era increíble. Estaba segura de que no podía leer las mentes. Era una chica normal sin superpoderes. ¿No?

—Mira —dijo Lois, señalando la televisión.

Una niña aferrada a una bolsa de donas estaba diciendo: «¡Cuando sea mayor, quiero ser como Wonder Woman!».

—Gracias por venir —dijo la periodista mientras Wonder Woman miraba alrededor. La cafetería era acogedora y muy peculiar. En las paredes colgaban llamativos pósteres de cómics y había sofás cómodos y viejos juegos de mesa distribuidos por las mesitas de café.

—Wondy, llámame Wondy —pidió, volviéndose hacia Lois Lane—. ¡Es mi nuevo nombre!

A la periodista se le iluminó la cara.

—Qué ganas tengo de escribir sobre esto —admitió—. ¿Te importa si te hago algunas preguntas? Todo el mundo está ansioso por saber más sobre Wonder Woman..., bueno, sobre Wondy.

En cuanto empezaron a charlar, quedó claro que la superheroína tenía tantas preguntas para Lois como Lois para ella.

—Me he especializado en escribir sobre superhéroes prometedores, y teniendo Super Hero High tan cerca, es fácil —le explicó la reportera—. Y también está CAD Academy, en la ciudad de al lado. Aunque lo que realmente me gusta es el periodismo de investigación. Ya sabes, desvelar misterios.

Wonder Woman se quedó pensativa unos instantes. A Lois le gustaba resolver misterios y ella tenía uno.

—No sé si te interesará, pero por lo visto hay alguien que no está demasiado contento con mi llegada a Super Hero High —le contó.

Lois Lane se animó.

—¿En serio? —dijo, abriendo su libreta—. Cuéntame.

Justo en ese momento, un chico rubio, medio despeinado y flacucho, se detuvo a su lado.

—Hola, Lois.

Llevaba un lápiz encajado detrás de la oreja. «Tal vez sea un arma secreta —pensó Wonder Woman—. Qué ingenioso.»

—¿Qué quieren? —preguntó el chico, esbozando una tímida sonrisa.

La superheroína lo observó con atención. No parecía tan fuerte como Cyborg, ni tan rápido como The Flash, pero tenía algo que le gustaba.

—¿Qué tipo de arma es ésa? —preguntó, señalando algo metálico que le había visto en los dientes.

—¿Eh? Ah, no es un arma —contestó el chico, ruborizándose—. Son brákets. Ya sabes, para arreglar los dientes torcidos. —El chico se había tapado la boca con la mano al hablar.

—Me gustan —aseguró ella—. Brákets. ¡Te quedan bien! Igual me compro unos.

El chico la miró fijamente.

—Yo tomaré lo de siempre —dijo Lois, sin molestarse en leer el menú—. Un batido de asaí.

Wonder Woman se dio cuenta de que el corazón le latía algo más rápido de lo habitual.

—Yo tomaré tres platos de cereales, gracias —le dijo al chico—. Uno de cereales verdes y azules con forma de media luna, otro de amarillos y rojos con forma de asteroides y otro de morados y rosas con forma de flores.

El camarero negó con la cabeza, como si se disculpara.

—Lo siento, pero no servimos cereales azucarados, sólo comida sana. ¿Qué te parece una hamburguesa vegetariana y frituras de col crujiente?

Wonder Woman asintió.

—Ah, pues eso.

—¡Oh! Pero qué maleducada soy —se regañó Lois—. Wondy, te presento a Steve Trevor. Su padre es dueño de la cafetería. Steve, ella es Wonder Woman, aunque ahora se hace llamar Wondy. Acaba de entrar en Super Hero High.

El chico se limpió una mano en el delantal y se la tendió y la superheroína procuró no destrozársela al estrechársela.

—Les traeré lo suyo enseguida —dijo Steve, flexionando los dedos al tiempo que se alejaba a toda prisa.

—Quiere ser piloto —le contó más tarde Lois a su nueva amiga—. Lo conozco desde que éramos pequeños, y siempre ha querido volar.

Wonder Woman lo entendía.

—Recuerdo mis primeros vuelos —dijo. Se dio cuenta de que Steve estaba limpiando y relimpiando la mesa que había detrás de ella, a pesar de que estaba impoluta—. Me estampé un montón de veces, pero mi madre siempre estaba cerca por si la necesitaba. Cuando por fin aprendí lo suficiente para volar en solitario..., la sensación de deslizarte por el aire, de zambullirte y volver a emerger entre las nubes...

El estallido de un bote de *chutney* al estrellarse contra el suelo la interrumpió. Se dio la vuelta y vio que Steve estaba allí, contemplando el desaguisado.

—Esto... Debía de estar distraído —dijo.

Lois sonrió con complicidad.

—No te olvides de lo nuestro, Steve.

—¡No te preocupes! —la tranquilizó el chico—. Espera que limpie esto primero.

Esta vez fue Wonder Woman quien sonrió. Le gustaba la gente cuidadosa.

—Bueno, habías empezado a contarme algo sobre un misterio —le recordó Lois.

—Sí, es verdad —dijo Wonder Woman—. Verás, es que no hago más que recibir mensajes que dicen que no me quieren en Super Hero High.

—¿Quién te los envía?

—¡Ése es el misterio! —exclamó la superheroína—. Creo que podría tratarse de Mandy Bowin, la chica a la que echaron antes de que llegara yo.

Mientras charlaban sobre el asunto, Wonder Woman no le quitaba el ojo de encima a Steve Trevor, que en esos momentos se encontraba en la barra, tratando de abrir un tarro de mermelada. Se plantó a su lado en un abrir y cerrar de ojos.

—¿Te echo una mano? —preguntó.

Steve intentó reprimir su sorpresa.

—Ah, claro —contestó, tendiéndole el tarro.

Ella lo abrió sin dificultad.

—Vaya, gracias —dijo él—. Sí que eres fuerte.

—Sí, eso es verdad —admitió ella.

Steve la miraba raro.

—¿Te pasa algo? —preguntó la superheroína.

Él negó con la cabeza en silencio, pero sin apartar la mirada de ella.

—¿Te encuentras bien? —insistió Wonder Woman.

Steve asintió y abrió la boca para decir algo, pero no consiguió pronunciar palabra.

—Igual se te han estropeado los brákets —sugirió ella.

Wonder Woman siguió mirándolo y empezó a sentirse rara. «¡¿Y si está enfermo y me he contagiado?!», pensó.

—Cuanto más te ve el mundo, más famosa te haces. ¡Y cuanto más famosa te haces, más te ve el mundo! —dijo Harley esa noche, ya de vuelta en el dormitorio.

—¿Y eso es bueno? —preguntó Wonder Woman.

—¡Pero qué graciosa eres! —exclamó su compañera de cuarto, soltando una de sus famosas risotadas.

Ella esbozó una tímida sonrisa, preguntándose qué habría dicho esa vez que tuviera tanta gracia.

—Oye, ¿podrías explicarme una cosa? —le pidió.

—Claro, ¿de qué se trata?

Harley estaba parada de manos en medio de la habitación.

—Los chicos —contestó Wonder Woman—. ¿Podrías explicarme cómo son?

Su amiga reportera se sentó junto a ella en la cama.

—Vaya, esa pregunta es de las difíciles —dijo—. Son como nosotras, pero no se parecen en nada. A veces les gustamos y a veces no, y otras veces se gustan entre ellos, aunque también puede que les guste todo el mundo, y no hay dos iguales. ¡Chicos!

Mientras Harley seguía hablando sobre los chicos en general, Wonder Woman continuó pensando en uno en particular.

SEGUNDA PARTE

CAPÍTULO 11

La entrevista de Lois Lane a la superheroína más reciente de Metrópolis fue un éxito arrollador. No sólo apareció en la portada del periódico de Metrópolis High y de la página *Super News*, sino que el *Daily Planet* se hizo eco del artículo y lo publicó en la sección «Noticias de última hora».

—Mira la famosa Wonder Woman —dijo Cheetah, cerrando de golpe la puerta de su casillero.

—No, ya no es Wonder Woman, es Wondy... —comentó Frost al pasar por su lado—. ¿Es que no ves la HQTV?

—Pueden llamarme como quieran —dijo Wonder Woman, solícita, pero las otras dos ya se habían marchado.

Le había llegado el desagradable rumor de que muchos creían que no estaba a la altura de todo lo que la prensa publicaba sobre ella, de que, de algún modo, había engañado a Lois Lane para que escribiera aquel artículo tan elogioso. La mayoría de los alumnos que estaban de acuerdo con el artículo eran compañeros suyos de clase, y algunos, como Beast Boy, se acercaron rápidamente a decirle que les había gustado mucho leer lo que habían escrito sobre ella. Otros recordaron que había ayudado al personal de cocina. Y también estaban los que se alegraban de poder asistir a las clases particulares que daba después del horario escolar. Muchos sabían que Wonder Woman era de las que siempre tenían una palabra amable con todo el mundo.

A la semana siguiente, Harley volvió a saltarse la cena para trabajar en sus videos y Wonder Woman le llevó un sándwich del comedor como solía hacer cuando pasaba esto. La superheroína reportera engullía mirando ensimismada la pantalla de la computadora cuando empezó a reírse a carcajadas... O tal vez se estaba atragantando.

—¿Te encuentras bien? —preguntó Wonder Woman, lista tanto para echarse a reír como para realizar una maniobra de Heimlich. Siempre estaba preparada para cualquier contingencia.

—Es que me muero de risa —dijo su amiga, secándose las lágrimas y señalando la pantalla.

—¿Puedo verlo? —Se sentía aliviada al comprobar que no necesitaba que le salvara la vida. Ya dedicaba suficiente tiempo a salvar vidas en clase, aunque en gran parte sólo se tratase de prácticas.

—¿Por qué no? —contestó Harley con solemnidad—. Al fin y al cabo, ¡sales tú!

—¿Yo? —se sorprendió Wonder Woman, preguntándose en qué momento la habría grabado en esa ocasión.

—Es una recopilación de los errores de los superhéroes más famosos de Super Hero High —le explicó su amiga mientras ella contemplaba la pantalla con los ojos abiertos como platos—. ¡Lo he hecho por entretenerme!

Ahí estaba Cheetah, tropezando y aterrizando de manera muy poco favorecedora y luego intentando fingir que lo había hecho a propósito. Y Poison Ivy, mezclando productos químicos y haciendo saltar la habitación por los aires... otra vez. Y Riddler, golpeando una pared después de haber olvidado cómo acababa un chiste. Y Katana, que se había quedado con el pie encajado en el casillero de Frost después de haberle dado una patada. Y Golden Glider, convirtiendo la piscina en una pista de hielo por accidente justo en el momento en que Beast Boy se lanzaba desde el trampolín. Y Beast Boy, transformándose en un cuervo antes de estrellarse contra el hielo y alzando el vuelo casi en vertical. Nadie se libraba de la cámara de Harley.

Pronto todo el mundo supo lo del video de los errores, y cuando la primera chica que lo vio no había terminado de gritar «¡Ésa soy yo!», muchas otras ya se habían colado en la habitación de Harley y Wonder Woman. Estaban tan apretadas que algunas tuvieron que quedarse flotando en el aire sobre las demás para poder ver algo. Y aun siendo tan diferentes, todas tenían algo en común: la cara de pasmadas. Harley parecía encantada, pero el resto no. Nadie salía favorecido en el video. Nadie, salvo Harley, que había insertado fragmentos de ella misma sonriendo y gritando: «¡HQTV!».

—El montaje es la clave —explicó la heroína reportera a las chicas que abarrotaban la habitación. Tenía que saltar en la cama para que todo el mundo pudiera verla—. Sólo hay que coger un fotograma normal y corriente de alguien, hacer un zum de su nariz y, ¡PAM!, diversión asegurada. ¡Y este video pone de relieve los descuidos y los errores de todo el mundo!

Wonder Woman contuvo la respiración cuando apareció anunciada su sección, «Clásicos». Ahí estaba un primerísimo plano suyo, haciendo esfuerzos para no llorar, la vez en que Star Sapphire había criticado su trabajo en la clase de Crazy Quilt. Aunque también había material nuevo: ella bailando como un pato cuando creía que nadie la veía, o mirando embobada la foto de Steve Trevor que había salido publicada en el periódico cuando recibió un premio por todo lo que había hecho para dar de comer a los pobres. Sin embargo, lo peor de todo aguardaba en la última parte de la sección: la grabación de lo mal que lo había pasado en la clase de Prácticas de Vuelo cuando había aterrizado de nalgas y había soltado un «¡Mierda!».

Cuando terminó el video, todo el mundo guardó silencio.

—¿Y bien? —preguntó Harley—. ¿Alguien tiene algo que decir?

Se escucharon unas risas tímidas que poco a poco fueron transformándose en carcajadas. Todo el mundo se volvió para ver de quién se trataba.

¿Wonder Woman?

Reía con ganas, con alegría, eliminando el malestar que se había apoderado de ella al ver aquellas imágenes. De acuerdo, no salía favorecida en el video, pero se dio cuenta de que si no se reía de sí misma, nadie más podría hacerlo.

—Damos pena —dijo, riendo con tanta fuerza que se le escapó un resoplido. Instantes después todo el mundo reía y resoplaba como ella—. Gracias por compartirlo con nosotros, Harley. Y gracias por no subirlo a la HQTV.

—¿A qué te refieres? —preguntó la reportera.

—No, ¿a qué te refieres tú? —dijo Wonder Woman, empezando a titubear.

—Se ha estado subiendo mientras lo veían —contestó Harley—. El video *Tributo* se ha emitido en directo. ¡Mira, ya lleva 3.417 visitas!

Wonder Woman se dejó caer en la cama mientras las demás continuaban riendo. ¿Y si lo veía su madre? Seguro que pensaría que no estaba tomándose en serio el colegio. ¿Y si la echaban de Super Hero High como a Mandy Bowin?

Hawkgirl intentó abrirse paso hasta la habitación al tiempo que todo el mundo salía.

—¡Wondy! ¡Wondy! —la llamó, visiblemente preocupada—. ¿Lo has visto?

—Por desgracia, sí. ¡He salido fatal!

—No, me refiero a si me has visto a mí —dijo Hawkgirl—. ¡Estaba durmiendo en clase! ¡Podría perder la beca! Además, como lo vea la abuela Muñoz, se sentirá muy decepcionada. Es mayor y tiene el corazón delicado, no le convienen las impresiones fuertes.

—Trata de calmarte —le recomendó Wonder Woman—. ¿Tu abuela ve muchos videos?

Hawkgirl negó con la cabeza.

—No, la verdad es que no. No le gustan mucho las nuevas tecnologías.

—Bueno, pues ahí lo tienes. Y he oído que la directora Waller procura no ver la HQTV ni ninguno de los videos sobre nosotros que pululan por internet.

Hawkgirl dejó escapar un enorme suspiro de alivio.

—Gracias, Wondy —dijo—. Eres una maravilla, de verdad.

Wonder Woman sonrió, pero sentía un nudo en el estómago. A diferencia de la abuela de Hawkgirl, Hippolyta, la reina de las amazonas, madre de la princesa Wonder Woman, estaba suscrita a la HQTV.

A la mañana siguiente, cuando Wonder Woman leyó los correos electrónicos y los comentarios en la HQTV, la mayoría de los www aseguraban que sus errores sólo la hacían más adorable. Sin embargo, también estaban los que decían que no era ni súper, ni heroína. Varios superhéroes adultos no se resistieron a intervenir y le dieron algunos consejos para evitar caerse. Y luego un tal «aNOniMÁS» escribió: «Son muchas caídas en muy poco tiempo, ¿no? Sería mejor que te fueras ahora, antes de que te expulsen».

¿Expulsada? Wondy, muy dolida y afectada, reenvió la amenaza a Lois Lane, que estaba reuniendo pruebas. Lo único bueno de toda la mañana era que no había recibido ningún mensaje de su madre sermoneándola. Tal vez aún no lo había visto.

Wonder Woman acabó buscando su nombre en internet. No le gustaba admitirlo, ni siquiera a sí misma, pero realizaba una búsqueda diaria de lo que la gente decía de ella. Casi todo era positivo, y eso la alegraba. Cuando leía lo que decían los que siempre la criticaban, se permitía tres segundos de tristeza y, a continuación, aun se esforzaba más en el colegio para algún día llegar a salvar el mundo y cerrar la boca a los troles.

El famoso programa *Super Hero Hotline* le había dedicado una sección. Los analistas, que afirmaban haber sido famosos superhéroes de niños, debatían si el repertorio de errores que aparecía en el video *Tributo* de Harley podía calificarse de educativo.

«¿Es realmente Wonder Woman un ejemplo de superheroína adolescente o se le puede considerar ya una superheroína adolescente del pasado?», preguntaba la analista mientras se retocaba el peinado.

«No parece que esté lista para salvar el mundo», añadió el otro analista. No tenía pelo que retocarse, pero el bigote desafiaba cualquier ley de la gravedad. «¿Y "Mierda"? ¿Qué palabra es ésa? ¿Los superhéroes dicen esas cosas?»

«¡Mierda!»

«¡Mierda!»

Los dos analistas parecían pasárselo en grande repitiendo «¡Mierda!» una y otra vez.

Mierda.

Wonder Woman apagó la computadora. Ya había visto suficiente.

—¿Te das cuenta de la cantidad de publicidad? ¡Soy famosa! —comentó Harley complacida cuando entró corriendo en la habitación—. Mira esto —dijo, y le enseñó el periódico que llevaba—. ¡Lois Lane ha escrito un artículo en el que asegura que para los adolescentes mortales es bueno ver que sus héroes también se equivocan! —Guardó silencio un instante—. ¿Qué? ¿Qué pasa?

Wonder Woman negó con la cabeza.

—No quiero ser famosa —confesó en voz baja.

Harley frunció el entrecejo.

—¿Por qué no? ¡A todo el mundo le gusta la fama!

—A mí no. Sólo quiero ser la mejor superheroína posible.

—Pero los superhéroes son famosos —insistió Harley—. Forma parte de nuestro trabajo. No somos precisamente una agencia de agentes secretos. Estamos aquí para proteger el mundo, y debemos hacer saber a la gente que estamos aquí por ellos. Cuanto más nos vean, más seguros se sentirán. Mira, lee esto. —Harley le tendió el periódico. Se trataba del artículo de Lois.

Los jóvenes superhéroes de hoy en día están sometidos a una gran presión, están obligados a triunfar, a entrar en el colegio adecuado, a superar los exámenes de superhéroe y a actuar como se espera que lo hagan. Pero no olvidemos que estos superhéroes, como los que aparecen en el video *Tributo* de la HQTV de Harley Quinn, son todavía unos niños. ¿Y qué hacen los niños? Jugar. Equivocarse. Comportarse como lo que son, no como el modelo glorificado de lo que el público quiere que sean.

Tributo de la HQTV nos ha hecho un favor a todos. Nos ha mostrado a niños siendo niños, aunque se trate de superhéroes en formación. Y le ha dado al mundo un pequeño baño de realidad que ayuda y anima a los adolescentes mortales a ser ellos mismos, igual que los superhéroes que adoran. Todos cometemos errores y descuidos. No censuremos a estos aspirantes a superhéroes que, quizá, algún día hayan de salvarnos la vida. Al contrario, aceptémoslos como son, por torpes que puedan parecernos.

Lois Lane tenía mucha razón. Wonder Woman sintió que la invadía una oleada de alivio. A ver si, al final, el video de Harley había sido una buena idea.

Justo en ese momento, Katana entró de un salto en la habitación.

—¡Wondy! —dijo, prácticamente sin aire—. ¡Tu madre está en el campus!

Wonder Woman se puso en pie, presa del pánico. ¿Su madre en Super Hero High? Aquello no auguraba nada bueno.

Bumblebee entró zumbando.

—Wondy —dijo, intercambiando una mirada cargada de preocupación con Katana—. ¡The Wall quiere verte en su despacho de inmediato!

Mientras se dirigía al despacho de la directora, Wonder Woman no pudo evitar escuchar los comentarios de la gente.

«¡La he visto! ¡Hippolyta tiene el aspecto de una reina!»

«La madre de Wonder Woman es mi heroína.»

«Me he acercado a ella y casi me desmayo.»

—Wondy, tu madre está aquí.

¿Eh? Wonder Woman levantó la vista.

—Espero que te hayas portado bien —dijo Frost.

—Sí, ya lo sé, gracias —contestó, protegiéndose del frío.

—Sólo quería ayudar —dijo la superheroína del hielo, dirigiéndole una sonrisa falsa.

Wonder Woman vio que un tornado se dirigía hacia ella por el pasillo. Se hizo a un lado, pero el torbellino se detuvo delante de ella. Era su profesor de Prácticas de Vuelo.

—Tu madre está aquí —anunció Red Tornado, recolocándose la capa.

—Eso dice todo el mundo.

—En fin, había pensado que igual podrías hablarle bien de mí —le sugirió—. Pregúntale si me recuerda de la conferencia de la CLXXVII Cumbre de Verano, «Sobrevuelos y Combates», que se celebró en Florida hace ya tiempo. Dile que soy el que le regaló el ramo de rosas.

Wonder Woman tenía la cabeza en otra parte. Temía que su madre estuviese muy enfadada con ella.

—No se preocupe —le aseguró.

—¡Gracias! —dijo Red Tornado—. Y pregúntale si le gustaría ir a tomar un café o un aperitivo, a comer o a lo que sea. ¡Me encantaría salir con ella!

Rosas. Café. Aperitivo. Comer. Lo que sea. Wonder Woman intentó anotarlo mentalmente mientras se acercaba al despacho de la directora Waller, pero tenía muchas otras cosas en la cabeza. Incluso antes de abrir la puerta, sintió la presencia de Hippolyta, reina de las amazonas, gobernante de Paradise Island, guerrera legendaria. Su madre.

CAPÍTULO 12

—**H**ija —la saludó Hippolyta, visiblemente preocupada.

—Madre —contestó Wonder Woman, con la cabeza gacha.

—Pueden utilizar mi despacho si quieren un poco de intimidad —dijo la directora Waller—. Estoy segura de que tienen mucho de que hablar.

—No hay nada que vaya a decirle que no pueda escuchar usted —contestó Hippolyta.

Wonder Woman parpadeó nerviosa cuando se encontró con la mirada de The Wall. Por primera vez, se fijó en que la observaba con afecto.

—Directora Waller, deseo agradecerle que haya acogido a mi hija estas últimas semanas —empezó Hippolyta—. Pero, aunque me duele decirlo, a juzgar por el último video, es evidente que este no es su lugar.

Wonder Woman ahogó un grito y se le cayó el alma a los pies. Abrió la boca para protestar, pero no consiguió pronunciar palabra. Le encantaba Super Hero High. De acuerdo, había habido momentos duros, pero nunca en su vida se lo había pasado tan bien. Había hecho grandes amistades: Katana, Bumblebee, Poison Ivy, Hawk-girl y los demás. En clase había aprendido más de lo que jamás habría llegado a imaginar. Le habían enseñado nuevas técnicas de vuelo y de combate, pero eso no era todo. En el colegio había comprobado que, en la batalla del bien contra el mal, la lucha en solitario siempre era la última opción. Tener amigos y compañeros con los que poder contar hacía que los rescates y los salvamentos fueran mucho más sencillos... y divertidos.

No podía pedirle más al tiempo que había pasado en Super Hero High. Bueno, no debía olvidar las bromas que le gastaba Harley para poder grabar sus reacciones y subir los videos a la HQTV. Ni tampoco esas amenazas y mensajes sin firmar. Cada vez recibía más. Lo mejor era que su madre no supiera nada de todo eso.

—Con el debido respeto, sí que es mi lugar, madre —aseguró Wonder Woman—. Por favor, deja que me quede.

—Ya he visto suficientes videos de la HQTV —repuso Hippolyta—. En vez de comportarte como una princesa amazona, pareces... En fin, no sé si decirlo... Una tonta. Sí, una tonta. Wonder Woman, se supone que eres la embajadora de Paradise Island. ¿Y qué me dices de ese último video?

La directora Waller dio un paso al frente, dispuesta a decir algo, pero Wonder Woman se le adelantó.

—Las clases y el entrenamiento que recibimos en Super Hero High son insuperables. Entre otras cosas, estamos aprendiendo a disfrutar de nuestras habilidades y a ser nosotros mismos. Me han enseñado muchísimo en muy poco tiempo. Éste es mi lugar, madre.

Hippolyta torció el gesto. Wonder Woman se dio cuenta y añadió:

—Algún día volveré a Paradise Island, te lo prometo, pero ahora mismo quiero estar en Super Hero High. Es más, necesito estar en Super Hero High. Hay todo un mundo fuera de Paradise Island, y me necesita. Madre, desde pequeña me has enseñado la importancia que tenía ser una gran heroína. Siempre has dicho que nuestra misión consiste en salvar el mundo. Aquí estoy empezando a conocer ese mundo. ¿Cómo voy a salvar algo de lo que no sé nada?

Wonder Woman fue incapaz de interpretar la expresión estoica de su madre.

—Por favor —añadió en voz baja.

La directora Waller aprovechó para intervenir.

—Hippolyta, los errores son normales en los superhéroes de su edad... En realidad, no son más que adolescentes. Nada de lo que ha hecho Wonder Woman ha infringido ninguna norma del colegio o ha perjudicado a nadie. Nuestros chicos y chicas no son tan distintos de los adolescentes sin poderes, pero se habla de ellos en la prensa y parece que las cámaras los persiguen a todas partes.

—¡Dijo mierda! —le recordó Hippolyta a la directora—. Ha estado perdiendo el tiempo en el colegio.

—Sí, pero también ha hecho importantes avances como superheroína, aunque de eso no hay videos. Piense que si no hubiera visto la HQTV de Harley Quinn, no se habría enterado de los tropiezos de Wonder Woman. Estoy segura de que usted también se equivocó cuando era adolescente.

Wonder Woman creyó ver que su madre daba un respingo. Quién lo hubiera dicho...

La directora Waller prosiguió.

—La gran diferencia entre entonces y ahora es que antes nadie tenía una cámara de celular en la mano para grabar lo que hacíamos. No digo que Wonder Woman deba dedicarse a perder el tiempo, lo que digo es que los estudiantes de Super Hero High soportan una presión adicional para llegar a ser lo que se espera de ellos.

—Como debe ser —repuso Hippolyta—. Estos adolescentes son un ejemplo para seguir. Son los superhéroes del mañana.

—Exacto —convino la directora Waller—. Exacto. Del mañana, pero dejemos que hoy bailen, dejemos que se equivoquen, dejemos que sean adolescentes. Todos conocemos las presiones a las que se verán sometidos cuando salgan de Super Hero High. Apenas les quedará tiempo para divertirse y para las frivolidades. Salvar el mundo no es cosa de niños. Deje que Wonder Woman se quede un poco más con nosotros. Le prometo que no la perderé de vista.

Salvo por un débil zumbido, la habitación se sumió en silencio unos instantes.

Por fin, la expresión de Hippolyta se relajó.

—Te daré otra oportunidad, Wonder Woman —dijo, estrechando a su hija contra ella—. Perdóname por haber dudado de ti. Tú siempre has sido fiel a ti misma.

Madre e hija se fundieron en un gran abrazo. Luego se separaron y recuperaron la compostura.

Hippolyta se volvió hacia la directora Waller.

—Necesito garantías de que mi hija sabrá comportarse de acuerdo con su educación como princesa y heroína. ¿Puede decirme qué medidas tomará al respecto?

The Wall asintió.

—Esta misma tarde voy a enviar a Wondy, perdón, a Wonder Woman, al despacho del doctor Jeremiah Arkham, nuestro orientador. Ayuda a muchos de nuestros alumnos y creo que podría ser muy útil que Wonder Woman hablara con él. Si no fuese suficiente con una vez a la semana, podemos hacer que vaya a la consulta del doctor Arkham dos o incluso tres veces por semana. Además, así Wonder Woman tendrá oportunidad de hablar de sus sentimientos y de sus éxitos y fracasos con un profesional cualificado.

Hippolyta se volvió hacia su hija.

—Cielo, es duro para mí dejarte. Te quiero con toda mi alma, pero no puedo ser feliz si tú no lo eres. Si me das tu palabra de que intentarás esforzarte todo lo posible para representar a Paradise Island y que seguirás los consejos de la directora Waller, entonces puedes quedarte.

Wonder Woman hizo un gran esfuerzo para no ponerse a saltar como una loca. ¡Podía quedarse! ¡Podía quedarse! ¡Podía quedarse!

—Sí, madre —contestó con el tono más solemne que pudo.

¡Podía quedarse! ¡Podía quedarse! ¡Podía quedarse!

Hippolyta la miró con toda la intención, con esa mirada que decía: «Espera, que aún no he acabado».

—Wonder Woman, deposito mi confianza en ti, en la directora Waller y en Super Hero High. ¿Tienes algo más que añadir?

Su hija lo pensó un momento y, entonces, se le iluminó la cara.

—¡Sí! Rosas. Café. Aperitivo. Comer. Lo que sea.

Al salir del despacho de la directora, Wonder Woman y su madre vieron a Bumblebee en el pasillo, apoyada en un casillero, con expresión avergonzada. La superheroína saludó a Wonder Woman y luego se alejó volando a toda prisa.

La hija de la reina amazona abrazó a su madre tras acompañarla hasta la salida. No quería que se fuera, y tenía ganas de llorar. Había estado tan ocupada en Super Hero High que no se había dado cuenta de lo mucho que la echaba de menos.

Después se quedó debajo de la estatua de la Amatista que le había dado la bienvenida a Super Hero High y siguió a su madre con la mirada mientras se alejaba. Cerca de allí estaban Cyborg y Barbara Gordon. Parecía que estuvieran intercambiando secretitos, pero entonces Barbara sacó un destornillador y otras herramientas y empezó a trastear en la cabeza de Cyborg.

Wonder Woman se volvió hacia las nubes, pero su madre ya había desaparecido.

—Una mujer realmente asombrosa —comentó alguien.

A la joven superheroína le sorprendió descubrir a Barbara Gordon a su lado. Últimamente la veía mucho por el colegio, cada vez más. Barbara le había enseñado a acceder a su casillero y, hacía poco, The Wall la había contratado como experta en tecnología para el colegio.

—Gracias —dijo—. Sí que lo es.

—Estaba reparando los circuitos internos de Cyborg —comentó Barbara, sentándose en el césped—. A veces se altera un poco, empieza a fallarle el cerebro y le entra un dolor de cabeza insoportable.

—A mí también me duele a veces la cabeza —dijo Wonder Woman, dejando escapar un suspiro.

—¿En serio? —preguntó Barbara.

La chica intentó sonreír.

—No es fácil ser hija de una reina. Son tantos los que esperan mucho de mí.

—Dímelo a mí —dijo Barbara. Se apretó los cordones de los tenis azules—. Mi padre es el comisionado Gordon.

Wonder Woman asintió. Todo el mundo sabía quién era el comisionado Gordon. Enseñaba Medicina Forense y daba también Los Superhéroes y la Aplicación de la Ley, una clase a la que Wonder Woman esperaba apuntarse el semestre siguiente.

—Quiere que me dedique a algo que no sea peligroso —dijo Barbara—. Algo seguro o, lo que es lo mismo, aburrido.

—¿Y tú qué quieres hacer? —preguntó Wonder Woman.

A Barbara se le iluminó la cara.

—Quiero luchar contra el crimen —contestó sin pensarlo—. Pero primero tengo que aprender a hacerlo.

—Igual podrías venir a este colegio —sugirió Wonder Woman—. La directora Waller ya te conoce.

Barbara se echó a reír. A diferencia de la risa de Harley, sonora y estentórea, la de Barbara era ligera y cálida.

—Cuando lluevan zanahorias —dijo—. Soy una chica normal, no una superheroína. No tengo poderes.

—Eres un genio de la tecnología —repuso Wonder Woman.

Barbara se levantó sin dejar de reír.

—Eres muy graciosa. ¡Muchas gracias de todas formas!

Wonder Woman la siguió con la mirada hasta que entró en el edificio. Podría ser una superheroína, pensó. ¿No era eso lo que defendía el Super Hero High? ¿El potencial de cada uno?

$\star$

—¿Qué te hace pensar que puedes salvar el mundo?

Wonder Woman se retorció en el sillón, con demasiado relleno, y volvió a mirar al doctor Arkham. Tenía unos ojos inmensos. Y un montón de canas, todas ellas localizadas en la barbilla, en una barba poblada que contrastaba con una coronilla esplendorosamente despejada y reluciente.

—Es algo que he sabido desde siempre —contestó con sinceridad.

—Mmm... —murmuró el doctor Arkham, anotando algo en una libreta amarilla. Se recolocó las contundentes gafas redondas antes de lanzarse con una batería de preguntas.

Wonder Woman contestó tan rápido y con la mayor franqueza que pudo.

—Rojo.

—Cereales.

—Pájaros.

—Mamá.

—Miedo.

—Bebé.

—Steve.

—Granos.

—Karaoke.

Cuando acabaron la sesión, estaba agotada. Mientras el doctor Arkham garabateaba en la libreta, Wonder Woman repasó el oscuro y polvoriento despacho. Había varias fotos en las que aparecía él estrechando la mano a superhéroes famosos, una armadura de tamaño real y montañas de libros por todas partes. La mesa estaba ocupada por una colección de bolas del mundo, una máquina de escribir vieja y polvorienta y un rompecabezas a medio acabar del cerebro humano.

—¿Hay algo que quisieras comentar? —preguntó el doctor.

—Sí, bien, en realidad, creo que alguien me está amenazando... —empezó a decir.

—Mmm... Interesante —murmuró Arkham—. ¡Bueno! ¿Te he hablado del nuevo libro que estoy escribiendo?

Wonder Woman asintió. Sí, ya le había hablado... dos veces de *La mente y la forma de actuar del superhéroe adolescente*. Volumen cinco.

—¿No? ¡Vaya! Pues se titula *La mente y la forma de actuar del superhéroe adolescente*. Volumen cinco. ¿No te importa que incluya en él algo de lo que me has contado, verdad?

—Esto... Preferiría que... —empezó a decir ella.

—¡Genial! Muy bien, sí. Utilizaré algunas de tus frases, pero no te preocupes, no aparecerá tu verdadero nombre. Te buscaremos un seudónimo. Algo con onda. ¿Qué te parece?

—Bueno...

—¿Qué tal Wonderful Woman? ¡Sí! Eso es.

—Yo habría elegido otro nombre, la verdad —dijo Wonder Woman—. De todas formas, le recomiendo que no me incluya en sus libros. Las abogadas amazonas son guerreras. Muy guerreras. Tendría que ver los daños y perjuicios que pueden causar sólo con una amenaza de demanda.

El doctor Arkham tragó saliva. Por una vez, pareció entender a Wonder Woman.

—Bueno, Wonderfu... Ay, digo, Wonder Woman, dime por qué estás aquí.

—He cometido algunas equivocaciones —admitió—. Harley dice que he sido una payasa estupenda y muy provechosa para los índices de audiencia. Pero yo creo que estoy un poco estresada. Hay muchísimas clases y exámenes, y siempre me falta tiempo para llegar a todo. Además, está la persona que ha estado amenazándome.

El doctor Arkham asintió y se acarició la barba. Se hizo un largo silencio, y finalmente él concluyó:

—Tienes que dejar de estar estresada.

—Ah, muy bien —contestó Wonder Woman. ¿Cómo no se le había ocurrido a ella?

—Ten —dijo el doctor, poniéndose en pie y tendiéndole una pila de libros—. Te van a encantar.

La joven bajó la vista a los libros *La mente y la forma de actuar del superhéroe adolescente*, volúmenes uno, dos, tres y cuatro.

—Léetelos antes de la siguiente sesión y aprende a relajarte. ¡Ya lo tengo! ¿Y si te apuntas a algún club? ¡Sí! Qué gran idea. ¡Y prueba el yoga! Reláááajate —dijo—. ¡RE-LÁ-JA-TE!

Antes de que la chica se fuera, el doctor Arkham se levantó. Eran de la misma altura.

—Wonder Woman —dijo, quitándose las gafas. A la superheroína le sorprendió comprobar que los ojos tenían ahora un tamaño normal—. Te impones demasiada presión. Eres la clásica alumna que quiere destacar en todo. Ya tendrás tiempo de sobra para salvar el mundo; ahora quiero que cuides de ti.

La chica asintió, aunque no sabía muy bien a qué se refería.

Esa noche, sentada en la cama y rodeada de libros, Wonder Woman añadió a su lista de asuntos pendientes:

* No estresarse.
* Relajarse.
* Leer cuatro volúmenes de *La mente y la forma de actuar del superhéroe adolescente*.
* Apuntarse a un club.
* Hacer yoga.

CAPÍTULO 13

A Wonder Woman se le daba bien prácticamente todo. Pero relajarse no era de las cosas que podía hacer mejor. El yoga la ponía tensa. Y le costó horrores acabarse los tomos uno, dos, tres y cuatro de *La mente y la forma de actuar del superhéroe adolescente*, que le resultaron estresantes, sobre todo porque el doctor Arkham solía repetirse por escrito tanto como en persona. A pesar de todo, disfrutó investigando sobre los clubes del campus a los que podía apuntarse.

Se había fijado en que Poison Ivy tendía a esconderse en un rincón de la habitación o se quedaba callada cuando las otras chicas se ponían a hablar sin parar, por lo que invitó a su amiga amante de las plantas a que la acompañara.

—Ivy, ¿no me comentaste que la directora Waller había dicho que te vendría bien apuntarte a algún club? Voy a ir a echar un vistazo. ¡Además, será divertido ver qué le interesa a la gente! —la animó Wonder Woman.

—No sé qué decirte... —vaciló Poison Ivy, dando unos tironcitos nerviosos a sus mechones pelirrojos hasta que se le torció la trenza de hiedra—. ¿Y si hacen muchas preguntas?

—Las preguntas las haremos nosotras. Sólo vamos a ver qué hacen en cada club y luego ya decidiremos si nos apetece apuntarnos a alguno.

—¿Hay que apuntarse obligatoriamente? —preguntó Poison Ivy. Mientras caminaban, ella se paraba de vez en cuando para animar a los árboles a crecer. Sabía cómo se llamaban todas las plantas—. Ésta es Katie, un girasol, y ése es Benny. Es un *Ficus benjamina...* —También sabía qué tipo de cuidados eran los más adecuados para cada una de ellas.

—No tienes que apuntarte a ninguno si no quieres —la tranquilizó Wonder Woman—. Y no es necesario que hables si no quieres. Si deseas preguntar algo, dímelo y ya lo preguntaré yo por ti.

Poison Ivy pareció relajarse.

Había súpers sentados en los árboles. Otros se ocultaban entre los arbustos. Todos estaban muy muy callados. La mayoría llevaba binoculares, aunque algunos usaban su supervisión para observar a los pájaros.

—Nos reunimos una vez a la semana. —Hawkgirl explicaba en voz baja el funcionamiento del Club de los Observadores de Aves a Wonder Woman y Poison Ivy—. Todos llevamos una de éstas. —Les enseñó una libreta naranja—. Y anotamos las aves que vemos.

—¿Como ésa? —preguntó Wonder Woman, señalando un pajarito con pintitas rosas que se había posado en una piña que todavía no había caído del árbol.

Se armó un pequeño alboroto, aunque muy silencioso, cuando los observadores de aves dirigieron todos a la vez sus ojos y binoculares hacia el ave.

—¡El mochuelo chiflado es tan raro que incluso los expertos dudaban de su existencia! —se asombró Hawkgirl, intentando no alzar la voz.

Green Lantern tendió una solicitud a Wonder Woman.

—Sería un honor que entraras en el Club de los Observadores de Aves —dijo en voz baja—. Es el mejor club del campus.

Ella se aclaró la garganta y miró de reojo a Poison Ivy, que estaba a su lado.

—¡Ah! Y tú también, esto..., Patty —se apresuró a añadir Green Lantern.

—Poison —lo corrigió ella—. Me llamo Poison Ivy. Vamos juntos a Armamentística. Me siento contigo.

—¡Ja, ja! Claro, claro —contestó él, abochornado—. Espero que tú también te apuntes.

Wonder Woman le devolvió la solicitud debidamente rellenada. Poison Ivy la rechazó con suma educación.

En el Club de los Planetas Unidos, Starfire y Beast Boy estaban mostrando al grupo una carta de navegación de los territorios del sistema solar suspendida en el aire.

—Estos somos nosotros —decía Starfire, señalando la Tierra.

—Y estos, todos los demás —dijo Beast Boy, agitando los brazos—. En el Club de los Planetas Unidos, yo soy el representante de la Tierra —añadió, bajando la voz como si le estuviera confiando un secreto a alguien. Luego señaló a Starfire y dijo—: Ella es la del planeta Tamaran.

La joven asintió. Su tono de voz de alienígena intergaláctica era tan bajo que todo el mundo se inclinó hacia delante para poder oírla.

—La Tierra no es el único planeta del sistema solar. Éste se compone de nueve planetas en total, ya que afortunadamente han vuelto a admitir a Plutón. En el universo hay unos quinientos mil millones de galaxias, lo que significa que existen aproximadamente unos cincuenta sextillones de planetas habitables. Espero descubrir uno nuevo algún día.

—¡Qué emocionante! —exclamó Wonder Woman—. ¿Van a estudiarlos todos y cada uno de ellos?

—Todos los que nos dé tiempo —afirmó Beast Boy.

Poison Ivy llamó la atención de Wonder Woman dándole un golpecito en el brazo.

—Todos estos clubes imponen mucho y me ponen nerviosa. No creo que sirva para esto.

La joven superheroína de Paradise Island les entregó la solicitud rellenada, pero Poison Ivy la rechazó educadamente.

Oyeron a Harley Quinn incluso antes de entrar en la sala del Club de Discurso y Debate. Estaba subida a una mesa y le gritaba a Katana, que estaba encima de otra.

—¡Te equivocas! —gritó la compañera de cuarto de Wonder Woman.

—¡No, te equivocas tú! —replicó la superheroína asiática.

—No sabes ni de lo que hablas.

—¡Lo sé mejor que tú! —le espetó Katana.

—¿Cuál es el tema de su debate? —preguntó Wonder Woman.

Las dos chicas se sorprendieron al verla en la sala, acompañada de Poison Ivy.

—¿Tema? —repitió Harley mientras bajaba de la mesa con un mortal hacia atrás—. Eh, Katana, ¿sobre qué debatíamos esta vez?

La avezada samurái saltó al suelo y dio un rápido giro.

—Sobre que tú estabas equivocada y yo tenía razón —contestó, esbozando una sonrisa traviesa.

—¿Siempre es así? —preguntó Poison Ivy con timidez.

Katana negó con la cabeza.

—No, a veces gritamos y nos enfadamos.

—Deberían apuntarse al club —dijo Katana—. ¿Verdad, Harley?

—Tiene razón —afirmó. Costaba creer que minutos antes ambas hubieran estado discutiendo—. Debatimos, y también damos discursos y competimos con equipos de otros colegios. ¡Es divertido!

—¿Divertido? —repitió Poison Ivy.

—¡Sí! —contestaron Katana y Harley al unísono. La tímida superheroína dio un respingo.

Wonder Woman les tendió la solicitud con todos sus datos, pero Poison Ivy prefirió no hacerlo. Y lo mismo ocurrió con el resto de los clubes. Wonder Woman siguió haciéndose socia de todos con entusiasmo porque cada club le parecía más fascinante que el anterior, mientras que Poison Ivy llegó al último de la lista sin haberse apuntado a ninguno.

—Club de Ciencias —anunció Wonder Woman cuando entraron en el laboratorio.

A su amiga se le iluminó la mirada al ver los tubos de ensayo relucientes en cuyo interior burbujeaban líquidos de colores llamativos. La mayoría de los estudiantes estaban inclinados sobre sus microscopios.

—¿Qué están mirando? —preguntó Poison Ivy.

Frost suspiró, molesta.

—Ahora mismo a ti, interrumpiéndome —contestó, y volvió a concentrarse en su experimento. Sonrió de oreja a oreja cuando el vaso de agua normal y corriente que tenía delante se cristalizó de pronto y se convirtió en un afilado puñal de hielo.

—Perdona. —Poison Ivy intentó disimular su sorpresa—. Disculpa, sólo era curiosidad —dijo.

—¿Qué cosas hacen en este club? —preguntó Wonder Woman. Echó un vistazo a las placas de Petri. Algunas tenían pelusilla. En otras parecía que crecieran diminutos grumitos de color verde. Una contenía un mar en miniatura, con sus olas y acantilados.

Poison Ivy estaba ensimismada con las plantas del alféizar.

—Llevamos a cabo todo tipo de experimentos científicos —le explicó Cyborg—. Yo estoy estudiando el efecto que producen los relámpagos en el chip de mi cerebro, y Frost está intentando dar con una cápsula de congelación que, sumergida en el agua, haga aparecer el invierno.

—¿Trabajan mucho con plantas? —preguntó Poison Ivy.

—Constantemente —aseguró Cyborg.

Wonder Woman no podía dejar de mirarlo. Era una combinación fascinante de tecnología y humanidad. Era, literalmente, medio humano y medio máquina. De hecho, a la joven superheroína de Paradise Island le costaba distinguir entre una mitad y la otra.

—Realizamos nuestros propios experimentos, nos marcamos nuestros propios objetivos y anotamos los resultados —prosiguió Cyborg, ajeno a la mirada asombrada de Wonder Woman—. Sin embargo, intercambiamos ideas y sugerencias, y cada vez que nos reunimos, dedicamos la última media hora a compartir lo que hemos aprendido.

—¿Tienen solicitudes? —preguntó Poison Ivy, cosa que sorprendió a su amiga.

—Claro —contestó él—. Nos encantaría que te apuntaras. ¿Y tú qué dices, Wonder Woman? ¿Te interesa la ciencia?

—Nos apuntamos las dos —dijo ella, entusiasmada. Frost le dio un carámbano a Poison Ivy para que escribiera su nombre—. ¡A la directora Waller va a encantarle tu elección, Ivy!

De todos los clubes a los que se había apuntado, el que más le gustaba a Wonder Woman era el Club de Ciencias, donde vio florecer a Poison Ivy. Aunque solía ser muy callada, no vacilaba a la hora de hablar delante de sus compañeros amantes de la ciencia. Intercambiaban ideas y experimentos, y Wonder Woman se fijó en que incluso Star Sapphire, a quien costaba impresionar, prestaba atención cuando la tímida joven compartía sus conocimientos en el laboratorio con los otros estudiantes. Además, nadie se inmutó cuando las plantas interplanetarias modificadas de Poison Ivy empezaron a explotar y a sembrar el caos por todo el colegio después de que unas vainas verdes salieran rodando al pasillo, como si se tratara de granadas vivas. Al final de la segunda semana, ya todos estaban acostumbrados a ese tipo de cosas.

—¡Me encanta! —exclamó Harley entre carcajadas mientras lo grababa todo para la HQTV—. Poison Ivy, con tu cara de niña buena, ¿quién iba a decir que estabas hecha para el mundo del espectáculo? —gritó a través del humo.

Para entonces, el resto de los alumnos también estaban acostumbrados a Harley y su videocámara. Algunos alardeaban delante del objetivo cuando veían la luz roja encendida mientras que otros la ignoraban. La mayoría seguía a lo suyo. Sin embargo, Wonder Woman iba con pies de plomo para que su madre no la viera comportándose de manera indebida. Sabía que se le había dado una segunda oportunidad y estaba dispuesta a aprovecharla.

Como alumna destacada que era, le encantaba el colegio y se las ingeniaba para sobresalir en todas las clases, acudir a todas las reuniones de los clubes, trabajar de voluntaria en la protectora de animales y tener vida social. La estrategia era sencilla: no dormía. Incluso el doctor Arkham tuvo que admitir que a Wonder Woman le iba bien en Super Hero High, aunque él lo achacaba a sus libros y a las sesiones semanales.

La primera vez que se quedó dormida mientras él hablaba, el hombre se ofendió. La segunda, él también se durmió. La tercera, ambos se quedaron dormidos y, de manera tácita, aquello acabó convirtiéndose en lo habitual. ¡Los beneficios fueron instantáneos! Cuando concluía la hora de visita, ambos despertaban frescos como rosas y se sentían mejor que nunca.

—¡Vaya, pues sí que ha ido bien! —admitía el doctor Arkham—. Creo que voy a escribir un libro titulado *Siestas superrevitalizadoras: el método Arkham* —añadía, antes de volver a quedarse dormido.

★

Gracias a la increíble mejora de Wonder Woman en Prácticas de Vuelo, casi todo el mundo había olvidado el fatídico primer vuelo en clase. Aunque no tenía la elegancia de Star Sapphire, la majestuosidad de Hawkgirl o la pericia acrobática de Bumblebee, poseía un estilo propio. Era un estilo potente y práctico —nada de volteretas de fantasía ni movimientos espectaculares—, con el que superaba todas las pruebas con la precisión y la eficiencia de una experta.

Acostumbrada a someter a enemigos y bestias mitológicas desde pequeña, Wonder Woman demostró ser una maestra del lazo en Armamentística, aunque dominar el funcionamiento de los brazaletes protectores requirió algo de práctica. En una ocasión, estaba parando rayos láser, cuando estos rebotaron en los brazaletes y cortaron sin querer el suministro eléctrico del colegio.

—¡Apunta! ¡Asegúrate de que sabes dónde apuntas! —gritó Lucius Fox, dando saltos.

En la siguiente ocasión, a petición del señor Fox, cortó el suministro eléctrico del colegio a propósito. El profesor asintió con la cabeza en señal de aprobación y luego dio luz verde a Barbara Gordon para que volviera a poner en marcha el sistema.

Superhéroes a lo Largo de la Historia acabó resultando una de las asignaturas más fascinantes del colegio. Conocer las hazañas de aquellos que habían ayudado a salvar el mundo en otras épocas solía dejarla boquiabierta y con la mirada perdida. Liberty Belle entretejía las clases de historia con relatos veraces e increíbles y animaba a sus estudiantes a compartir sus propias experiencias.

Hawkgirl habló de sus padres, que habían fallecido, y de la abuela Muñoz, que vivía en Venezuela; Star Sapphire presumió de su próspera familia, y Golden Glider, de su hermano y de un primo lejano que había descubierto un sistema solar desconocido; Katana ensalzó a sus padres, una pareja japonesa sin superpoderes, y a su abuela samurái, que sí tenía poderes.

—Sí, los superpoderes pueden saltar una generación —explicó Liberty Belle—. Incluso es posible que algunas familias posean un gen inactivo que te convierta en superhéroe. Mucha gente desconoce todo su potencial hasta que tiene que enfrentarse a una crisis, mientras que, en ocasiones, que alguien posea superpoderes no significa que acabe convirtiéndose en un superhéroe.

Wildcat era duro con sus alumnos en las clases de educación física. Pero no podía ser de otra forma. La fuerza y la agilidad son componentes esenciales de cualquier superhéroe. A nadie sorprendía ver cómo los alumnos se lanzaban camiones entre ellos, mientras otros corrían los 80.000 metros con obstáculos (esquivando láseres, nadando entre serpientes marinas hambrientas y saltando un hormiguero gigantesco de rabiosas termitas) y otros permanecían sentados en el suelo, concentrados, soportando provocaciones y amenazas.

Esto último era lo más duro para los superhéroes, ya que, como Wildcat decía: «La fuerza física no es lo único que hace brillar a un superhéroe, sino también su fuerza mental. Deben aprender a concentrarse, a centrarse en su objetivo y a no permitir que absolutamente nadie ni nada los distraiga. Su mayor reto es el autocontrol».

Wonder Woman destacaba en ese tipo de clases. Incluso le habían llegado rumores de que tenía un puesto garantizado en el equipo del Supertriatlón. ¿Sería por eso que la había reclutado The Wall?

CAPÍTULO 14

La única asignatura que preocupaba a Wonder Woman era Introducción a Supertrajes. Todavía quedaba tiempo para la presentación del traje final, pero ella lo tenía prácticamente acabado porque había trabajado en él sin descanso. Esperaba que le dieran puntos extras por entregarlo antes de lo establecido. Le encantaban los puntos extras, era algo que no tenían en Paradise Island.

—Es genial —dijo Star Sapphire—. ¡Sin duda es totalmente de tu estilo!

Wonder Woman miró a su compañera y sonrió. Admiraba su gusto a la hora de vestir, así que para ella esas palabras eran más que valiosas.

—¡Mil millones de gracias! —dijo.

—Nunca he visto nada igual —añadió Star Sapphire.

—Ni tú ni nadie —aseguró Golden Glider fríamente.

—Es para morirse —susurró Cheetah.

—Ya lo creo —concluyó la Violet Lantern.

—¡Ay, Star Sapphire, gracias! ¡Has sido toda una inspiración para mí! —dijo Wonder Woman, sonriendo de oreja a oreja.

La elegante superheroína también sonrió, iluminada por el brillo del anillo violeta.

Era ella quien había propuesto a Wonder Woman que escogiera una estética retro.

—Joyas grandes. Todo grande. Exageradamente grande.

—Sabía que acabaríamos siendo amigas —dijo Wonder Woman—. Aunque algunos súpers digan que eres una creída, ¡nunca les he hecho caso! ¡Tus consejos y opiniones tienen gran valor para mí!

—No sé qué decir... ¿Gracias? —dijo Star Sapphire.

—Tenía la sensación de que no te gustaba, ni yo ni mis diseños —prosiguió la hija de la reina de las amazonas—, pero estaba equivocada, ¿verdad?

Star Sapphire le dedicó una cálida sonrisa.

—Perdona si alguna vez he sido dura contigo —se disculpó bajando la vista—. La gente suele malinterpretarme.

—¡Vaya! —exclamó Wonder Woman, notando que se le llenaban los ojos de lágrimas—. La que lo siente soy yo. —Abrió los brazos para estrecharla entre ellos—. ¿Amigas?

La Violet Lantern la abrazó con fuerza.

—¡Amigas!

—Señoritas, lamento interrumpir su festival de abrazos —intervino Crazy Quilt, acercándose con paso tranquilo hasta ellas. Las gigantescas gafas de sol de cristales multicolores le ocultaban gran parte de la cara, y llevaba la vistosa boina naranja en las manos para no acabar siendo víctima de esa lacra que afectaba por igual a hombres y mujeres elegantes de todo el mundo: el pelo aplastado—. ¿Qué tenemos aquí?

Wonder Woman sonrió y señaló la mesa de trabajo.

—Mi traje de superheroína —contestó, radiante—. ¿Quiere verlo?

—Todo a su debido tiempo, todo a su debido tiempo —la tranquilizó Crazy Quilt. Se distrajo con el reflejo de su imagen en el espejo—. ¿Tiempo? ¡Eso me recuerda algo!

En lugar de continuar con sus explicaciones sobre cómo se deben llevar las armas, bajó la pantalla y obsequió a los súpers con una «colección meticulosamente escogida de mis fotos de cuando era un estudiante destacado del prestigioso ISS, ¡el Instituto Superfashion para Superhéroes!».

En la primera imagen aparecía un joven Crazy Quilt con unos jeans recortados, una camiseta teñida con la técnica del anudado y un collar de vistosas y llamativas cuentas de plástico alrededor del cuello. También llevaba una cinta de color verde fosforescente para contener su descomunal melena rizada de color castaño oscuro.

Mientras las fotos iban pasando, una detrás de otra, sin descanso, mostrando los grandes aciertos estilísticos de Quilt a lo largo de los años, Katana se acercó sigilosamente a Wonder Woman.

—¿Ya has terminado tu traje? —le preguntó en un susurro—. Qué rápida eres. Todavía queda un mes para la entrega.

—No podía esperar —contestó en voz baja—. ¡Star Sapphire dice que nunca ha visto nada igual!

La superheroína asiática entrecerró los ojos en la habitación a oscuras y estudió el traje que estaba sobre la mesa.

—Mmm... Póntelo —le pidió—. Es la hora del descanso, y si Crazy Quilt no para pronto, acabaremos todos muertos de aburrimiento.

—¡Ok! —contestó Wonder Woman, impaciente por

mostrarle su creación. Había estudiado todos los trajes de superhéroes a lo largo de la historia y había trabajado duro para incluir lo mejor de cada uno.

—Cuánto lo lamento —dijo el profesor entonces, encendiendo las luces y despertando a todo el mundo—, pero hasta aquí las fotos de Crazy Quilt por hoy. Ante ustedes, en toda su gloria y esplendor, el look emblemático por el que al final me he decidido. —Levantó las manos para detener los aplausos, aunque en realidad nadie aplaudía—. ¡Haremos un descanso de diez minutos y luego retomaremos la cuestión de cómo llevar las armas con elegancia!

Cuando Wonder Woman salió del lavabo con el traje puesto, Katana, que normalmente siempre tenía algo que decir, se quedó muda.

—¿Y bien? —preguntó la superheroína de Paradise Island, orgullosa—. ¿Qué te parece?

—¿Star Sapphire ha dicho que le gustaba?

Wonder Woman asintió.

—Wondy, creo que te ha engañado.

—¿Qué quieres decir? —Estaba paseándose con el traje, caminando a grandes pasos, con los brazos en las caderas y cara de pocos amigos, como había visto hacer en el *reality show* de moda de internet *Famosos Supermodelos*.

Katana negó con la cabeza. Wonder Woman llevaba un collar enorme de color rosa que le enmarcaba toda la cara, lo que hacía resaltar el adorno gigantesco que sustituía la elegante tiara de oro habitual. El adorno consistía en una doble uve tan grande que amenazaba con ladearse y caer al suelo. También lucía un cinturón grueso y chillón, unas botas de caña alta y de tacón extravagantes, con suela de plataforma, y unos guantes largos que le llegaban hasta los hombros. Además, la voluminosa capa de color magenta hacía que la hija de la reina de las amazonas pareciera más pequeña.

—Es... es...

—¿Sí? —preguntó una sonriente y expectante Wonder Woman.

—Horrible —soltó Katana.

A la joven superheroína de Paradise Island se le cayó el alma a los pies.

—Bueno, pues a Star Sapphire le gusta, y ella tiene mucho estilo —farfulló.

—Yo también entiendo un poco de moda —contestó Katana a la defensiva—, pero creo que Star Sapphire quiere que fracases en grande.

—No... no... ¿Por qué iba a querer algo así? Somos compañeras. Nos ayudamos entre nosotras.

Justo en ese momento, el colegio empezó a temblar cuando sonó una sirena a todo volumen. «¡Campana de Salvación! ¡Campana de Salvación! ¡Campana de Salvación!», aulló la megafonía. Todos los alumnos y los profesores salieron a los pasillos de inmediato para reunirse en el patio.

—¡Por fin! —gritó Wonder Woman entusiasmada—. ¡La Campana de Salvación!

—¡La alarma de la Campana de Salvación! —anunció Bumblebee mientras los súpers avanzaban por los pasillos corriendo, volando, deslizándose o dando volteretas—. ¡Vamos! —gritó mientras volaba, apareciendo y desapareciendo en el torrente de estudiantes.

Las chicas se apresuraron a salir del edificio. También Wonder Woman, que olvidó que llevaba puesto el traje nuevo de superheroína y, cuando la puerta se abrió de golpe, se quedó enganchada en ella por la capa. Como aun así continuó corriendo como si nada, ¡zas!, en el momento en que la capa quedó estirada hasta el límite, se vio catapultada hacia atrás, de vuelta a la puerta de entrada, mientras algunos súpers se agachaban para esquivarla.

Wonder Woman se estampó contra la pesada puerta metálica con un ruido sordo, arrastrando con ella a bastantes alumnos.

—¡Lo siento! ¡Lo siento! ¡Lo siento! —gritaba a medida que iba derribándolos.

¡Todavía estaba a tiempo de salvar a quien estuviera en peligro!

Pero en cuanto echó a correr, la inmensa y estilizada doble uve que le adornaba la cabeza se le resbaló sobre los ojos y le impidió ver nada. Así que, mientras seguía corriendo, se la quitó y la tiró a un lado.

—¡Lo siento! —gritó al ver que Green Lantern esquivaba el accesorio descartado de su traje—. ¡Tengo que ir a salvar a quien está en peligro! ¡La Campana de Salvación está sonando!

Subida a la estatua de la Justicia, Wonder Woman vio que había alguien colgando de la emblemática Amatista, situada en la torre más alta del colegio. El cielo estaba abarrotado de súper voladores, con sus capas ondeando al viento como banderas orgullosas de un sinfín de naciones, y Hawkgirl iba a la cabeza de todos ellos. Tendría que recurrir a su supervelocidad para adelantarse al enjambre de héroes si quería ser ella quien resolviera la situación. Corrió hacia la torre, pero el césped estaba húmedo y las botas de tacón se hundían en el suelo a cada paso y le impedían avanzar con rapidez.

Wonder Woman se dio cuenta de que la única manera de moverse a toda velocidad era deshaciéndose de aquellas botas de plataforma y echando a volar. Se las quitó de una patada, mirando a los superhéroes que corrían por todas partes, y vio horrorizada que una de ellas alcanzaba y tiraba al suelo a Poison Ivy. Estaba a punto de dar media vuelta para ayudarla cuando vio que quien colgaba de la Amatista de la torre era el señor Fox.

—¡Ay! ¡Ay! —gritaba sin demasiada convicción—. ¡Espero que algún superhéroe venga a rescatarme! —Le dio un mordisco a un sándwich de mortadela y empezó a masticar—. ¡Ay! ¡Ay! ¡Que alguien me salve! ¡Ay!

—¡Ya voy! —dijo Wonder Woman—. ¡Yo lo salvaré, señor Fox!

El profesor de Armamentística continuó gritando como si recitara un guion memorizado.

—¡Socorro! —Hizo una pausa para murmurar—: ¡Me estoy aburrieeendo! ¿Alguien tiene mostaza? Ay, socorro.

Wonder Woman fue a echar mano del lazo, pero no lo encontró. Sólo llevaba el pesado cinturón alrededor de la cintura. Al final desató al señor Fox, que casi se había acabado el sándwich.

—Un desastre, esto es un desastre —protestó el hombre—. Ya era hora de que alguien me salvara.

—Agárrese a mi cinturón —dijo la joven mientras descendía volando para dejar al profesor en el suelo, sano y salvo.

¡Había resuelto la operación de rescate con éxito!

★

—¡Ha sido espantoso! —bramó The Wall—. ¡Espantoso!

El auditorio guardó silencio.

Wonder Woman levantó la mano.

—Pero si salvé al señor Fox —informó a la directora. ¿Era posible que no se hubiera enterado?

Todos los profesores estaban en el estrado, ocupando sus asientos, y ninguno parecía contento; el que menos, Lucius Fox.

—Según mis cálculos —dijo Wildcat—, Fox ya estaría muerto cuando llegaste.

—Sí, y por desgracia —añadió Liberty Belle—, Wonder Woman, lastimaste a varios alumnos mientras ibas a rescatar al profesor de Armamentística.

La joven bajó la cabeza.

—Espero que lo hagan mejor en el próximo simulacro de la Campana de Salvación —les advirtió The Wall con voz cortante—. Si no son capaces de hacerlo bien durante una prueba, ¿cómo esperan salvar el mundo? ¿Cómo van a llevar a cabo siquiera un rescate normal y corriente, como una avalancha o un ataque mutante? —Sin esperar una respuesta, añadió—: Todo el mundo de vuelta a clase, ¡ya! Les queda mucho que aprender.

Los ánimos en la clase de Crazy Quilt estaban por los suelos. El profesor negaba con la cabeza mientras examinaba el traje de Wonder Woman.

—¿Esto es en lo que has estado trabajando? —preguntó.

—También llevaba una corona, una capa, unas botas de plataforma y... —empezó a decir.

—¿Y de qué te sirvieron?

135

—De nada —admitió ella, cabizbaja—. No me sirvieron de nada.

—Adoro la moda —dijo Crazy Quilt—, pero la funcionalidad de cada accesorio de tu traje de súper es igual de importante. Tu traje es un reflejo de ti y debe serte útil al máximo. No basta con que sea bonito..., tiene que servirte para tus objetivos. Observa.

La clase se quedó boquiabierta cuando su extravagante profesor empezó a girar sobre sí mismo y el corbatín dibujó una órbita de energía a su alrededor. A continuación, tras quitárselos, lanzó hacia la ventana los zapatos, que atravesaron el cristal y se perdieron en el espacio...

—Un momento... Un momento... —el profesor levantó las manos justo en el instante en que los zapatos regresaron al aula y los atrapó en el aire, uno detrás de otro—. Acaban de dar la vuelta a la Tierra —explicó—. Y de haberlo querido, habrían alcanzado a cualquier enemigo mientras mi círculo de energía me mantenía a salvo. Esto, mis queridos alumnos, es lo que Crazy Quilt llama moda y funcionalidad. Tomen nota.

Esa noche, durante la cena, Wonder Woman no estaba tan alegre como acostumbraba.

—Wondy, aunque ha tenido una gran audiencia en la HQTV, siento mucho lo del desastre de tu traje —dijo Harley al ver a su compañera de cuarto paseando el trozo de carne y el puré de papas por el plato—. Creo que deberías recuperar tu ropa de princesa guerrera amazona. Ya sabes, el traje con el que llegaste al colegio. Al menos aprobarías la asignatura de Crazy Quilt.

Aprobar la asignatura no era suficiente y Wonder Woman lo sabía. Su madre esperaba que sobresaliera en todas las materias, y la directora Waller también. Miró la bandeja de la comida y vio que había aparecido otra nota como de la nada. «¡Te estás yendo a pique! —ponía—. No pudiste salvar al profesor y no puedes salvarte a ti misma. Vete ahora que aún no es demasiado tarde.»

Wonder Woman arrugó el papel y lo arrojó a la basura, pero luego se lo pensó mejor y lo volvió a coger. Seguro que Lois Lane querría verlo, aunque no se diferenciaba mucho del resto de notas, correos electrónicos y comentarios que aparecían cada vez con mayor frecuencia en la página web de la HQTV. Sabía que no debía decírselo a su madre si no quería verse fuera del instituto.

—¡Te estoy grabando! ¡En un momento tendré listo el video para subirlo! —dijo Harley alegremente. Wonder Woman había llegado arrastrándose hasta la habitación y acabó desplomándose en la cama.

—Harley, por favor, ¿te importaría no subir este video? —le pidió—. Estoy patética.

—Ahí está la gracia —contestó con regocijo su amiga reportera—. ¡Todos salimos haciendo el ridículo o patéticos! Por eso se conecta tanta gente a la página. Para ver los errores de los superhéroes.

«¿Eso es lo que soy? —se preguntó Wonder Woman—. ¿Un super error?»

CAPÍTULO 15

Wonder Woman estaba sentada, muy quieta. No podía creer que ya llevara cuatro semanas en Super Hero High y, aun así, allí estaba, en otra asamblea mensual. A pesar de que sabía que no tenía opciones, contuvo la respiración. Sería todo un honor. Tal vez algún día...

La directora Waller hablaba con la cabeza bien alta mientras miraba el auditorio lleno de jóvenes superhéroes. Se acercó al borde del estrado y anunció:

—Nuestro Héroe del Mes es... ¡Hawkgirl!

Wonder Woman se levantó de un salto con tanta emoción que se golpeó la cabeza contra el techo. Se arregló el pelo y aplaudió a su amiga mientras Harley grababa la expresión sorprendida de Hawkgirl con su cámara y Lois Lane tomaba notas. Las luces se atenuaron y empezaron a proyectar un video en el que aparecía la superheroína premiada volando sobre el monte Rushmore durante las vacaciones de verano y retirando las rocas que unos súpers de CAD Academy habían colocado en la nariz de Theodore Roosevelt.

En otro video se veía un atraco en una joyería, mientras una voz en *off* explicaba que, gracias a sus espectaculares dotes detectivescas, Hawkgirl había sido capaz de determinar la hora y el lugar en que iba a cometerse el delito. Las cámaras de seguridad la captaron volando hacia la escena del crimen, deteniéndose en un semáforo en rojo y utilizando su maza para capturar a los culpables. Cuando los entregó al comisionado Gordon y a su agente, Wonder Woman atisbó, al fondo, a Barbara, la hija de Gordon. Al final del video, apareció una anciana en la pantalla.

«¡Hola! —saludó la mujer—. ¿Qué tal? ¿Se me oye? ¿Hay alguien ahí?»

«Me suena mucho», pensó Wonder Woman.

«Soy la abuela de Chica Halcón», explicó la señora, llena de orgullo. Y después repitió lo mismo en inglés.

«¡Claro!», se dijo Wonder Woman, cayendo en la cuenta. Tenían la misma nariz y la misma determinación en los rasgos de su cara, que suavizaban sus cálidos ojos castaños.

«Chica Halcón, estoy muy orgullosa de ti —dijo la abuela Muñoz, quebrándosele la voz—. Y tus padres también lo estarían. Tenían el mismo sentido de la justicia que tú. Saber que su hija se ha convertido en una joven fuerte y valiente y que se le ha concedido este honor... Bueno, estarían muy orgullosos. Te amo», concluyó.

Hawkgirl se secó una lágrima. Igual que la mitad de los alumnos que miraban el video, Wonder Woman incluida. Esperaba que algún día su madre se sintiera igual de orgullosa de ella.

Lois Lane se acercó disimuladamente a la superheroína de Paradise Island mientras The Wall felicitaba a Hawkgirl.

—Tengo información que puede interesarte —le susurró, fingiendo que tomaba notas sobre lo que estaba diciendo Waller—. Te espero en Capes & Cowls Cafe después de clase.

A Wonder Woman le encantaba salir del campus. Había infinidad de cosas fascinantes que ver y oír, como la larga cola de gente que esperaba a las puertas de Camas y Bañeras Bob Bodacious a la espera de algo llamado «todo a la mitad», aunque era incapaz de imaginar por qué alguien querría sólo la mitad de una bañera.

En el Centennial Park de Metrópolis, un grupo de niños se lanzaban platos de plástico, y parecían estar pasándoselo bien. Pero mientras seguía caminando vio a un niño sollozando.

—¿Qué te pasa? —le preguntó, acercándose a él rápidamente.

El pequeño señaló hacia arriba.

—¡Salva a Rainbow!

Había un gato muy asustado encaramado al árbol.

—¡Por supuesto! ¿Cómo te llamas? —quiso saber la superheroína, y se lanzó volando hacia la rama para recoger al gatito entre sus brazos.

—¡Skipper! —gritó el niño.

—Bueno, Skipper, aquí está Rainbow. —Le entregó a su mascota.

—¡Gracias, Wonder Woman! ¡No se me volverá a escapar!

Tras haber reunido a los dos amigos, la joven continuó hacia Main Street, donde se detuvo para levantar el coche de una mujer que estaba cambiándole una rueda.

Steve Trevor estaba doblando servilletas en la terraza del Capes & Cowls Cafe, cuando la vio llegar.

—¡Eh, Wondy! —saludó—. Siéntate donde quieras.

—Ah, bueno. Gracias. —Cogió una silla y lo siguió hasta el interior del café, donde la dejó junto al mostrador, para estar cerca de él.

—Me refería a que... —empezó a decir Steve, pero se ruborizó al ver que se sentaba a su lado—. Bueno, da igual. A eso me refería.

Se sonrieron.

—Tengo una cita con Lois Lane —le explicó Wonder Woman.

—Pues tal vez estarías más cómoda allí —le sugirió Steve, señalando un compartimento vacío, junto al ventanal—. A veces esto se llena después de clase. Es mejor que aproveches y apartes un sitio antes de que alguien se te adelante.

—¡Hecho! —dijo ella. Al levantarse, se acordó de los niños del parque y de lo bien que se lo estaban pasando, así que cogió un plato del mostrador y se lo lanzó a Steve.

El plato lo alcanzó en la sien, completamente por sorpresa.

—Esto... ¿gracias? —dijo él.

—¡De nada! —contestó ella con una sonrisa radiante.

Mientras Steve iba a buscar hielo para la cabeza, Wonder Woman se distrajo mirando por el ventanal. Varios transeúntes la saludaron.

—¿Es que aquí no trabaja nadie? —preguntó un adolescente desde otra mesa.

—Enseguida voy —contestó Steve. Llevaba una buena herida en la frente, en el lugar donde le había impactado el plato. Aun así, sonrió a Wonder Woman antes de dirigirse a la mesa donde esperaban tres chicos que vestían la típica sudadera de colegio de CAD Academy. Llevaban sus nombres bordados en la espalda: Ratcatcher, Captain Cold y Heat Wave.

Saltaba a la vista que Captain Cold era el cabecilla del grupo; el brillo de sus ojos de color azul cielo rebosaba seguridad. Tenía algo que le resultaba familiar. Heat Wave se comportaba como si fuera alguien importante, y a Ratcatcher, aunque más pequeño que los otros dos, lo envolvía un aire siniestro.

—¡Siento llegar tarde! —exclamó Lois, acercándose rápidamente a Wonder Woman—. Pero es que nos ha llegado información sin confirmar de que una nave espacial ha aterrizado en la Tierra, cerca de un pueblo llamado Smallville.

La noticia asombró a la superheroína. De pronto, sus problemas personales le parecieron una tontería.

—Tengo que volver y presentar un artículo sobre la nave misteriosa —dijo Lois—, pero primero hablemos de ti.

—¿Estás segura? —preguntó Wonder Woman—. No es tan importante.

—Cuando amenazan a alguien, siempre es importante —afirmó la periodista, y luego le dio un sorbo al batido que Steve le había llevado—. Por la forma en que siguen llegando las amenazas, justo antes o después de que ocurra algo relevante en el colegio, creo que se trata de alguien de dentro.

Wonder Woman reflexionó unos instantes.

—Creo que podría ser Mandy Bowin —dijo.

—Podría ser —admitió Lois—, pero quizá esté ayudándola alguien de Super Hero High. Mira esto.

Le tendió un trozo de papel que le resultaba conocido. Era una de las notas amenazadoras que Wonder Woman había recibido y enviado a Lois. La hija de la reina de las amazonas no vio nada extraño. Decía: «No te soporto. Vuelve a casa con mamíta».

—Si te fijas bien —empezó la periodista—, en una esquina se ve un trocito de logo. Es el de Super Hero High.

La joven superheroína examinó el papel.

—Creo que no vendría mal contar con alguien dentro de Super Hero High que estuviera al tanto del asunto —propuso Lois Lane—. ¿Conoces a alguien dispuesto a espiar para nosotras?

Wonder Woman no tuvo que pensar demasiado.

—¡Conozco a la persona ideal! —aseguró—. La llamaré.

—Estaba por aquí cerca —dijo Hawkgirl.

Wonder Woman se hizo a un lado para dejarle sitio.

—Felicidades por el premio —dijo Lois—. ¿Puedo hacerte algunas preguntas luego?

—Sin problemas —contestó la heroína del mes—. ¿Es por eso que Wondy me ha pedido que nos viéramos aquí?

Lois y Wonder Woman intercambiaron una breve mirada y a continuación pusieron a Hawkgirl al día. Estaban a punto de acabar cuando Captain Cold se levantó, se golpeó el pecho y gritó:

—¡CAD Academy es la onda! ¡Super Hero High a la cola!

—¿Eso es lo mejor que se te ocurre? —dijo Hawkgirl, poniendo los ojos en blanco.

Ratcatcher y Heat Wave se echaron a reír mientras tiraban de su amigo para que volviera a sentarse.

Wonder Woman no les prestó la menor atención.

—¿Por qué han dicho eso? —preguntó.

Lois Lane suspiró.

—Super Hero High es toda una institución a la que han ido muchos de los superhéroes más famosos, mientras que CAD Academy es un colegio de engreídos. A pesar de que sólo tiene veinticinco años de historia, presume de tener un cuerpo docente sorprendente. Sorprendente porque muchos de los profesores son supervillanos reformados... o, al menos, eso es lo que aseguran. También los hay en Super Hero High, pero el sistema de selección de Amanda Waller me parece más... ¿Cómo decirlo...? Fiable. A pesar de que CAD Academy se vende como una institución para «superhéroes superiores», se rumora que sólo es una plataforma de lanzamiento para chicos malos. Su verdadero nombre es Carmine Anderson Day School, pero casi todo el mundo cree que CAD quiere decir Criminals and Delinquents.

Wonder Woman miró de reojo a los chicos de CAD Academy, que en ese momento estaban lanzando servilletas al aire. A medida que descendían, Captain Cold las congelaba con su pistola de hielo y Heat Wave las envolvía en una bola de fuego con su lanzallamas mientras Ratcatcher dejaba escapar su risita aguda.

—Super Hero High no ve CAD Academy como un rival —prosiguió Lois—, al contrario que CAD Academy.

Steve Trevor se dirigía a la mesa de los chicos de CAD

Academy con una bandeja llena de hamburguesas vegetarianas y batidos, intentando que no se le cayera nada, y cuando estaba a punto de llegar, Wonder Woman vio que Ratcatcher sacaba un puñado de trampas para ratones del bolsillo y las lanzaba al suelo.

Al ver que Steve pisaba las trampas y se tambaleaba, Wonder Woman atravesó la cafetería a toda velocidad para evitar que se cayera de bruces, pero la bandeja ya volaba por los aires. Antes de que la comida y las bebidas llegaran a tocar el suelo, la heroína del mes apareció a su lado. En un nanosegundo, Wonder Woman dejó a Steve en otra mesa y Hawkgirl y ella atraparon las hamburguesas vegetarianas y dos de los batidos, aunque el tercero aterrizó sobre Heat Wave.

—Yo no he pedido esto —se quejó, mientras el líquido rosa le resbalaba por la cara.

—Gracias, pequeña —dijo Captain Cold, y le dio un mordisco a la hamburguesa vegetariana. Wonder Woman lo fulminó con la mirada. No era pequeña. De hecho, era más grande y más fuerte que él.

—Vaya, ¿son las nuevas camareras? —preguntó Ratcatcher, al tiempo que Hawkgirl le arrojaba un puñado de trampas para ratones—. Porque aquí al machote de Stevie no le vendría mal que le echaran una mano.

Steve iba a decir algo, pero en ese momento intervino Lois.

—Que disfruten de la comida, chicos —dijo, acompañando a las dos superheroínas de vuelta al reservado—. Lo mejor es ignorarlos —les susurró—. Esa gente sólo trae problemas. Se rumora que alguno es tan rico que, cada vez que hace un desastre en el colegio, lo que ocurre a todas horas, su familia lo saca del problema pagando la construcción de un nuevo edificio, normalmente con dinero robado.

Wonder Woman entendía lo que pretendía Lois, pero no le parecía bien lo que esos chicos habían hecho y se dirigió de nuevo a su mesa. Ahora estaban arrojándose comida entre ellos.

—Perdónenme —dijo—, pero creo que deberían disculparse con Steve. Sé que han intentado que se cayera a propósito.

Heat Wave se levantó. Aunque era bastante más alto y corpulento que ella, Wonder Woman ni se inmutó.

Steve se acercó a toda prisa.

—No pasa nada, Wondy —aseguró, nervioso—. ¡En serio!

El resto de los clientes del local los observaba con atención.

Ella miró a Steve.

—Estoy bien —insistió él, que la miraba preocupado con sus ojos castaños.

Wonder Woman se volvió hacia los chicos de CAD Academy, que estaban riéndose con disimulo. No entendía qué les resultaba tan gracioso.

—«Estoy bien» —repitieron, burlándose de Steve.

—De acuerdo —dijo ella—. Pero si vuelven a intentar hacerlo caer, ¡tendrán que pedirle disculpas!

Al oír aquello, los chicos estallaron en carcajadas.

—¡Como si tú pudieras hacer algo para impedirnos que hagamos lo que nos dé la gana! —exclamó Ratcatcher, con la risa floja.

Captain Cold disparó con su pistola a Steve y un escalofrío debilitante recorrió el cuerpo del camarero.

—¡Ay, vaya! —dijo, mientras sus esbirros se desternillaban de risa.

Lois y Hawkgirl corrieron junto a Steve, que se había desplomado en el suelo y estaba tiritando.

Wonder Woman entrecerró los ojos.

—Les dije que se portaran bien —siseó muy enfadada, y en un abrir y cerrar de ojos, sacó el Lazo de la Verdad y los inmovilizó a los tres—. ¿A qué le tienen pánico? —preguntó, tensando el lazo.

Sin otra opción que decir la verdad, Heat Wave contestó:

—A que una araña ponga huevos en mi oreja mientras duermo.

—A perder —dijo Captain Cold.

—A tener que hablar delante de la clase —confesó Ratcatcher.

—Muy bien, si quieren que los suelte —dijo Wonder Woman—, tienen que disculparse con Steve. —Guardó silencio un instante—. ¿Qué? No los oigo.

Los chicos mascullaron una disculpa con cara de pocos amigos.

—Muy bien —dijo ella, y los soltó.

Todos los que estaban en la cafetería aplaudieron.

—¿Qué ha ocurrido? —preguntó Ratcatcher.

—No lo sé —admitió Heat Wave—, pero este sitio me da malas vibraciones. Vámonos.

Mientras ellos iban camino de la salida, Wonder Woman vio que habían escrito LIVE EVIL con kétchup en la mesa.

—Nos vemos en el Supertriatlón... ¡Ya ajustaremos cuentas entonces! —gritó Captain Cold antes de que la puerta se cerrara de golpe detrás de él.

Había pasado más de una semana y Wonder Woman era incapaz de sacarse a Steve Trevor de la cabeza.

—Me hace sentir rara por dentro —le confesó a Katana—. Y cuando me dio las gracias por defenderlo, apenas fui capaz de hablar. Al principio creía que estaba utilizando sus superpoderes conmigo, pero creo que él es un chico normal, sin superpoderes. ¿Qué está pasando?

Su amiga se echó a reír.

—¿Qué te hace tanta gracia? —preguntó Wonder Woman, confusa.

—Cielo —dijo Katana—, ¡te mueres por los huesos de Steve Trevor!

La superheroína más rápida de Super Hero High negó con la cabeza. Eso era imposible. «Katana no tiene ni idea», pensó Wonder Woman. Ella no quería morirse, y menos por culpa de los huesos de Steve.

CAPÍTULO 16

A medida que pasaban las semanas, Wonder Woman se sentía cada vez más a gusto en Super Hero High. Las comunicaciones diarias con su madre habían quedado atrás y ahora a menudo se limitaban a mandarse mensajes breves. Se había acostumbrado a las particularidades de sus compañeros súpers... dentro de lo que cabía. Además, muchos de ellos aún estaban en camino de controlar sus poderes. No era extraño que ella estuviera manteniendo una conversación totalmente normal con alguien y que, de pronto, ¡BAM!, esa persona prendiera fuego a algo, le creciera algún brazo o desapareciera y ella se quedara allí, de pie, como si estuviera hablando sola.

Lo que nunca cambiaba era su compañera de habitación, la indomable Harley Quinn. Como a muchas otras cosas, había acabado acostumbrándose a que la grabara constantemente, como la última vez que la había captado cuando consiguió el nuevo récord del rescate más rápido y eficiente de la Campana de Salvación de toda la historia de Super Hero High, justo por detrás del de Superman. Su actuación había estado a años luz del patético y lento rescate del señor Fox de lo alto de la Amatista del colegio. Sin embargo, con tantas asignaturas y tantas tareas, además de los clubes, Wonder Woman se dio cuenta de que no daba más de sí, pero no en el sentido en que Plastic Man podía dar de sí, pues él tenía un cuerpo que podía estirarse hasta límites insospechados. No, ella creía haber llegado al límite porque quería hacerlo todo... Pero la verdad era que toda esa actividad le encantaba.

Un día, justo después de comer, fue corriendo a su habitación a coger el Lazo de la Verdad, ya que disponía de pocos minutos antes de la clase de Armamentística; sin embargo, algo hizo que se detuviera antes de entrar. Esa vez, la nota estaba clavada en la puerta con una extraña pieza metálica. Se guardó la nota y la pieza para enseñárselas a Lois y Hawkgirl.

—Antes de empezar —dijo el señor Fox a sus alumnos—, tengo que anunciarles algo importante. —Se recolocó la corbata roja, que tenía una ele en un lado y una efe en el otro—. Como saben, se está llevando a cabo la selección para el equipo del Supertriatlón de Super Hero High. Por si hay alguien que no esté familiarizado con el proceso de selección de este equipo de élite de adolescentes, el asunto funciona de la siguiente manera. —Se aclaró la garganta y se puso los lentes antes de empezar a leer el reglamento oficial—. «El jurado está compuesto por tres comisiones anónimas. La primera, formada por profesores, delibera y analiza los puntos fuertes y las aptitudes de los alumnos. La segunda, formada por alumnos, valora su capacidad de mando y de trabajo en equipo. La tercera, la comisión de la comisión, recoge las recomendaciones de las dos anteriores para elaborar las recomendaciones definitivas, que a continuación se envían a la directora Waller.»

Fox bajó el reglamento y añadió:

—A pesar de que la directora Waller no puede añadir ningún nombre a la lista, tiene capacidad de veto. ¿Alguna pregunta?

Wonder Woman levantó la mano.

—¿Sí, Wonder Woman? —dijo Fox.

—¿Cuántos equipos compiten en el Supertriatlón?

—Según el reglamento, se empieza con cincuenta equipos, pero sólo llegan los cuatro mejores a la final. ¿Alguna pregunta más? ¿Sí, Wonder Woman?

—¿En qué consiste la competición?

—Veamos —empezó Fox—. Se divide en tres pruebas, ¡de ahí que se llame triatlón! Primero está la entrevista, que incluye un cuestionario y un debate sobre temas relacionados con los superhéroes, que se emite en directo por televisión y que equivale al veinticinco por ciento de la puntuación. La prueba teórica equivale a otro veinticinco por ciento, y consta de un examen escrito sobre historia de los superhéroes y de una competición de preguntas y respuestas por equipos. Sin embargo, el peso pesado, el que se lleva un cincuenta por ciento de la puntuación final, es la prueba A/P: Aptitud/Poderes, en la que se valoran aptitudes individuales, como el vuelo, la agilidad en el combate y la condición de atleta.

Muchos de los súpers, incluida Wonder Woman, se sentaron más derechos cuando el señor Fox mencionó aquello. La prueba A/P parecía la más emocionante.

—Una vez seleccionados los equipos definitivos —prosiguió el profesor—, el marcador vuelve a ponerse a cero y se inicia la verdadera competición: la carrera de obstáculos de superhéroes, que no deja de ser una prueba A/P de principio a fin. ¿Alguna pregunta más? ¿Sí, Wonder Woman?

—¿Cuántos alumnos forman cada equipo?

—Se componen de cuatro miembros y un suplente. ¿Más preguntas? ¿Sí, Wonder Woman?

—¿Cuánto tiempo se dedica a entrenar?

—Se entrena siete días a la semana, doce horas diarias..., y estas horas van aumentando a medida que se acerca el día de la competición. ¿Alguna otra pregunta? ¿Sí, Wonder Woman?

—¿Cómo se las apañan los miembros del equipo para entrenar e ir a clase?

—Los miembros del equipo están dispensados de asistir a la mayoría de las clases —explicó el señor Fox—. Los alumnos reciben los mismos créditos académicos que si hubieran ido a clase a cambio del tiempo que deben dedicar al entrenamiento. ¿Más preguntas? ¿Sí..., Wonder Woman?

—¿Tiene una corbata especial para el Supertriatlón?

El señor Fox sonrió con aire de cansancio.

—Sí —contestó—. ¿Alguien más, aparte de Wonder Woman —la miró directamente—, quiere hacer alguna otra pregunta? —Al ver que la joven levantaba de nuevo la mano, alzó la voz y dijo—: ¡Muy bien, pues empecemos con las demostraciones de Armamentística!

Con algunas habilidades asombrosas, y bastantes más fracasos igual de sorprendentes, los súpers empezaron a demostrar sus aptitudes con las armas. Hawkgirl fue la primera; se acercó a la zona de examen con total seguridad. El objetivo consistía en desarmar a los villanos que se interpondrían en su camino, encontrar un bote de gas letal y destruirlo. Con una concentración sin igual, la joven se dirigió directamente hacia las Fieras de Fox, como el profesor llamaba a los malvados robots, construidos en la mismísima Metal Man Factory del profesor Magnus. Sin pestañear, los apartó de en medio de un mazazo y bordeó volando el bosque en llamas hasta la cueva de la montaña, donde estaba escondido el bote en forma de estalagmita. Lo arrancó del suelo y lo lanzó al aire, dirigiéndolo a kilómetros de allí. El bote implosionó y los gases tóxicos se disiparon antes de alcanzar la Tierra.

Mientras preparaban la prueba para el siguiente superhéroe, Hal Jordan dio un paso al frente. Sacó un anillo verde del bolsillo y se lo puso en el dedo. Era la primera vez que Wonder Woman lo veía. «Debe de ser nuevo», pensó.

De pronto, Hal parecía más alto y fuerte. Era un verdadero Green Lantern. El joven superhéroe apretó la mandíbula y echó a correr a toda velocidad. Utilizando ambos puños y la barrera indestructible que el anillo había formado alrededor de las manos, derribó a las Fieras de Fox de un solo golpe. A continuación, echó a volar hacia el bosque en llamas, pero en lugar de rodearlo o sobrevolarlo, se adentró en él, por lo que empezó a arder.

Después de que el equipo de seguridad lo empapara de espuma ignífuga, a pesar de las (encendidas) protestas de Hal, lo enviaron a la banca el resto de la clase.

—No estás mal con espuma en la cara —comentó Frost cuando pasaba junto a ella, cabizbajo—. Parece como si fueras a afeitarte.

—¡El siguiente! —gritó Fox.

Frost se acercó con paso seguro hasta la línea de salida. Como si fuera lo más normal del mundo, empezó a dar vueltas sobre sí misma y congeló las Fieras de Fox que la rodeaban. A continuación, absorbió el calor de las llamas hasta que no quedó ni una sola ascua. Corrió hacia la cueva y congeló el bote, de modo que el gas letal se cristalizó en bolitas diminutas, que, de esta forma, eran completamente inofensivas. Acto seguido, las arrojó al viento y se esparcieron en un millón de direcciones distintas.

La siguiente fue Katana. Se acercó a la línea de salida dando una vuelta de carro, equipada con tres armas: una espada samurái, una catana y un *sai*, una daga larga y puntiaguda, con dos protecciones laterales, como la que empuñaba otra compañera, Lady Shiva. Katana examinó las tres armas y acabó descartando el *sai*. A continuación, con una precisión sorprendente, se enfrentó a las Fieras de Fox con la espada samurái y los derrotó antes de dirigirse hacia el bosque en llamas. Una vez allí, sacó la catana y taló a tal velocidad los árboles que ardían que el incendio no tardó en extinguirse. Ayudándose de uno de los troncos humeantes, se catapultó hasta la cueva de la montaña. A una increíble supervelocidad, encajó la anilla del bote en la empuñadura de la espada y empezó a darle vueltas sobre su cabeza. Luego, como si se tratara de una lanzadora de peso, lo arrojó al aire y el bote se hundió en Poison Lake, donde acabó consumido por las demás toxinas.

—Wonder Woman —la llamó el señor Fox—. ¡Te toca!

—No, no me está tocando nadie —contestó ella, dándole unos golpecitos en el hombro.

El profesor se recolocó la corbata.

—Ponte allí, Wonder Woman —dijo, señalando la línea de salida—. Puedes empezar cuando quieras.

La joven respiró hondo. Pensó en lo que Lucius Fox había dicho acerca de la comisión de profesores y se preguntó si él formaría parte de dicha comisión. En cualquier caso, quería causar una buena impresión.

Decidió que se acercaría a las Fieras de Fox desde el aire, donde tenía una ventaja táctica. Sin embargo, a pesar de que eran robots, podían adivinar los movimientos de sus oponentes. Era evidente que se trataba de uno de los grandes inventos del profesor Magnus hasta la fecha. Los robots no tardaron en despegar, y ése fue su error. Wonder Woman sacó el Lazo de la Verdad y estaba a punto de rodearlos con él cuando uno de ellos lanzó un par de rayos láser.

—¡Muy bien, ustedes lo pidieron! —dijo la superheroína, levantando ambos brazaletes en el aire. Los rayos rebotaron en ellos e impactaron después en las Fieras de Fox, lo que les provocó un cortocircuito.

Wonder Woman se dirigió volando hacia el bosque en llamas y, una vez allí, empezó a dar vueltas a su alrededor, acercándose al fuego más y más con cada vuelta y aumentando su velocidad. De esta forma movió el aire y creó ondas de presión que desplazaron el oxígeno y extinguieron las llamas. Una vez que el fuego estuvo apagado, pudo concentrarse en el gas letal. Lo lanzó con todas sus fuerzas al espacio exterior y, a continuación, arrojó su tiara, que chocó contra el bote para detonarlo y hacer estallar unos fuegos artificiales antes de regresar a ella como un bumerán.

—Bien hecho, Wonder Woman —dijo el señor Fox, con aprobación—. ¡Bien hecho!

Cheetah, que observaba desde la banca, gruñó.

★

Wonder Woman seguía de buen humor en la clase de educación física. Estaban realizando una carrera de calentamiento de treinta kilómetros, cuando Hawkgirl la alcanzó y le dijo:

—Tengo una noticia que te gustará oír y otra que no tanto. —Luego añadió mientras seguían corriendo una al lado de la otra—: Bumblebee oye cosas. A veces a propósito. A veces sin querer. En cualquier caso, ella se encarga de la megafonía, así que le he preguntado si estaba trabajando en el despacho de Waller el día que echaron a Mandy Bowin.

—¿Y? —preguntó Wonder Woman.

Hawkgirl asintió.

—Bumblebee oyó a Mandy suplicando y diciendo: «¡Por favor, por favor, directora Waller!». Y al Muro contestando: «¡No, no lo permitiré!».

—Entonces tal vez Cheetah tiene razón y la expulsaron por mi culpa —dijo Wonder Woman, pensativa—. Me pregunto qué debe sentirse. Tiene que ser horrible.

—No fue por tu culpa —aseguró Hawkgirl—. The Wall nunca hace nada porque sí, debía de tener sus razones. Además, no tenemos pruebas concretas. Y ahora la noticia que creo que no te gustará. ¿Recuerdas la nota y la pieza metálica que me diste?

Wonder Woman asintió. Ambas guardaron silencio cuando Golden Glider pasó por su lado a toda velocidad, seguida de Star Sapphire y Miss Martian, que cerraba la retaguardia.

Hawkgirl prosiguió.

—Esa pieza tenía que salir de algún sitio. ¿Recuerdas

cuando Katana descartó el *sai* en Armamentística? Bueno, pues lo hizo porque a una de las hojas de las protecciones laterales le faltaba la punta. Pero esa punta no ha desaparecido, la tengo yo ahora. —Hawkgirl le enseñó la pieza metálica que Wonder Woman había encontrado en la puerta de su habitación—. Encajan a la perfección —aseguró.

CAPÍTULO 17

Antes de enfrentarse a Katana, Wonder Woman quiso hablar con Lois y Hawkgirl. Un poco antes, ese mismo día, alguien había sellado su casillero fundiendo el metal. Y a pesar de que había entregado su trabajo de historia con antelación, Liberty Belle dijo que ella no lo había recibido y la había suspendido.

—¿Adónde vas? —preguntó Katana cuando Wonder Woman cerraba la puerta de su habitación.

La hija de la reina de las amazonas no supo qué decir.

—A dar una vuelta por Metrópolis —contestó al fin sin entrar en detalles.

—¡Te acompaño!

Antes de que le diera tiempo a decir nada, la superheroína asiática ya había invitado a Bumblebee a unirse a ellas.

—¿Puedo ir yo también? —preguntó Harley, entrelazando su brazo con el de ellas.

Poison Ivy se les unió en el pasillo de los dormitorios.

—¿Es una fiesta? —preguntó—. ¿Van a hacer una fiesta? Bueno, no pasa nada si no quieren invitarme.

—Vente con nosotras —dijo Katana—. ¡Nos vamos a Metrópolis!

Hawkgirl salió de su habitación.

—¿Estás lista, Wondy? —Se quedó sorprendida al ver a todas las chicas que la rodeaban.

Wonder Woman se encogió de hombros.

—Tenemos compañía —dijo.

Mientras avanzaban como podían por las bulliciosas calles de Metrópolis, deteniéndose a cada paso para firmar autógrafos y salvar vidas, Hawkgirl se quedó atrás con Katana. Wonder Woman intentó oír lo que decían, pero resultaba difícil con Harley hablando sin parar.

—Así que es evidente que las cifras van en aumento —estaba diciendo—. La HQTV recibe tantas visitas que incluso podría conseguir un patrocinador si quisiera, aunque he decidido seguir siendo independiente, así conservo el control total del contenido. En cualquier caso, Star Sapphire me ha dicho que a sus padres podría interesarles comprar parte de la HQTV, y...

Wonder Woman lamentó no tener un superoído, como muchos de sus compañeros. En cierto momento, vio que Katana acercaba su cara a la de Hawkgirl con gesto de enfado, pero ésta parecía mantenerse firme en lo que decía. ¿De qué estarían hablando?

Cuando llegaron al Centennial Park, Wonder Woman vio una escena que le resultó familiar.

—¡Wonder Woman! —gritó Skipper—. ¡Rainbow ha vuelto a subirse al árbol y ahora no puede bajar!

¿Cómo no?, el gato manchado se había encaramado a

una de las ramas más altas. Sin embargo, esta vez, en lugar de parecer asustado, parecía orgulloso de sí mismo. Mientras ella y Bumblebee volaban para salvar al gatito y Harley grababa el rescate, Poison Ivy se dedicó a examinar un macizo de rosas secas y muertas.

Una vez que Rainbow volvió a estar sano y salvo en brazos de su dueño, Harley bajó la cámara.

—Eh, ¿les importaría volver a hacerlo? —preguntó—. Bumblebee, lánzale el gato a Wonder Woman. ¡Así el video quedará mucho mejor!

Su compañera de habitación frunció el ceño.

—Pero no sería lo que ha pasado en realidad —protestó.

Bumblebee asintió.

—Si quieres grabarnos de nuevo, ¡podríamos volver a rescatar a Rainbow! Así sería un video real.

Harley se echó a reír.

—Lo real no es tan importante como una imagen convincente —les explicó.

—Tiene razón —dijo alguien—. La imagen lo es todo. Háganme caso.

Se volvieron y vieron a Golden Glider que pasaba patinando junto a ellas mientras bebía un batido de asaí de color morado del Capes & Cowls Cafe.

—¡Que se diviertan, señoritas! —Levantó una mano y saludó al grupo—. ¡Pórtense bien!

Wonder Woman se fijó en que Poison Ivy sonreía como si tuviera un secreto.

—¿Qué ocurre? —le preguntó.

—Nada... aún —contestó su amiga, volviendo la vista atrás mientras retomaban el paseo hasta el Capes & Cowls Cafe. Donde antes sólo había tierra marrón, de pronto Wonder Woman vio un macizo de lozanas rosas rojas.

Steve Trevor adoptó el mismo tono que la botella de cátsup que tenía en la mano cuando vio a Wonder Woman. A ella le ocurrió lo mismo. Ambos fingieron que no oían las risas de Katana.

Las chicas estaban sentándose en una mesa cuando llegó Lois Lane.

—Oh, vaya, Wondy y Hawkgirl, tremenda sorpresa encontrarlas aquí a las dos —dijo.

—Pero si teníamos una cita... —empezó a decir la primera.

Antes de que pudiera terminar, Hawkgirl la interrumpió:

—Sí, sí que es una verdadera sorpresa encontrarte aquí, Lois.

¡Ah! Ok. Wonder Woman asintió. ¡Ya lo entendía! Casi había olvidado que había quedado en reunirse en secreto con sus amigas detectives.

—Pero qué megasorpresón verte en Capes & Cowls Cafe, Lois —dijo Wonder Woman—. ¿Quién lo hubiera imaginado? ¡Qué bien! ¿Te gustaría sentarte con nosotras?

Wonder Woman le guiñó un ojo a Hawkgirl, aunque ésta no le hizo el menor caso. Así que continuó guiñándole el ojo una y otra vez hasta que su amiga le dio una patada por debajo de la mesa.

—Claro, por supuesto —contestó Lois, con total naturalidad—. Me encantaría hacerles compañía.

—Vaya, vaya, mira quién se va —comentó Hawkgirl, señalando la mesa de atrás.

Ratcatcher, Captain Cold y Heat Wave, de CAD Academy, se escabullían disimuladamente por la puerta de atrás.

—¡Adiós, chicos! —dijo Wonder Woman, saludando con la mano—. ¡Sin rencor, espero!

—Sin rencor —contestó Captain Cold, dándole un golpe por debajo a la bandeja llena de comida que Steve llevaba y estampándosela en el pecho.

—¡Eh! —protestó la superheroína—. Creía que iban a empezar a portarse bien con Steve.

Fue a echar mano del lazo, pero su amigo la detuvo.

—Wonder Woman, no pasa nada, de verdad —le aseguró, mientras los restos de la ensalada de espinacas le resbalaban por la camiseta—. Por favor, no lo hagas.

—Muy bien —accedió ella, y volvió a su asiento mientras oía que los de CAD Academy coreaban en la calle: «Live evil!».

El resto del tiempo que estuvieron en la cafetería, dio la impresión de que Steve intentaba evitar a Wonder Woman. Cuando le llevó las frituras de col y el batido de fresa y plátano que tanto le gustaban, ni siquiera la miró a la cara. Ella se preguntó si había hecho algo mal.

Las chicas charlaron, comieron y se lo pasaron en grande hablando sobre el próximo Supertriatlón. Todo el mundo tenía sus propias ideas acerca de quién estaría en el equipo. Wonder Woman intentaba no emocionarse demasiado cada vez que se mencionaba su nombre, lo que ocurría a menudo. Por fin, después de apurar los batidos y devorar las frituras de col y las pizzas vegetarianas, llegó la hora de marcharse.

—Adelántense —dijo Hawkgirl a las demás—. Wondy y yo tenemos que hacer unos recados.

—¿Ah, sí? —preguntó Wonder Woman, sorprendida. No recordaba que tuvieran que hacer ningún recado... Pero al ver a Hawkgirl mirándola con desaprobación, entendió enseguida–. Ah, sí, sí –se apresuró a añadir–. Recados, a montones. Sí. Recados. Tenemos mucha prisa... ¡Hemos de darnos prisa si queremos hacer tooodos los recados!

Harley, Katana y Poison Ivy se marcharon, pero Lois, Hawkgirl y Wonder Woman permanecieron en la cafetería.

–¡Creía que no se irían nunca! –exclamó Hawkgirl–. Otro chistecito de «toc-toc» de Harley Quinn y exploto.

–Bueno, ¿qué tienen para mí? –preguntó Lois, mirando a Wonder Woman.

–Sigo creyendo que se trata de Mandy, pero es que ahora ¡está empezando a poner en peligro mis calificaciones!

Hawkgirl sacó la punta metálica.

–No es Katana –dijo, deslizándola sobre la mesa–. Me ha dicho que le sorprendió descubrir que a su *sai* le faltaba una punta durante la demostración de Armamentística.

–¿Le creen? –preguntó Lois.

–Yo sí –aseguró Hawkgirl–. Y Poison Ivy, que es su compañera de cuarto, dice que esa mañana no salió de la habitación hasta después de que Wondy encontrara la nota amenazadora en la puerta.

Lois apuntó algo.

–Muy bien, aunque eso no la descarta forzosamente. Katana es muy sigilosa. Podría haberse escabullido sin que Poison Ivy se hubiese dado cuenta. Ivy suele quedarse ensimismada en su propio mundo.

–Pero ¿por qué querría Katana que me fuera? –preguntó Wonder Woman. No tenía sentido.

–Eso es cierto –coincidió Hawkgirl–. Katana se ha portado como una verdadera amiga con Wondy. Sin embargo...

Mientras Hawkgirl ponía a Lois al día acerca de la conversación que Bumblebee había oído a hurtadillas entre la directora Waller y Mandy Bowin, Wonder Woman se dedicó a observar a Steve. El chico había vuelto para rellenar las botellas de cátsup y las había alineado en la barra. Le impresionó la línea recta que había formado.

—Bueno, tengo información para ustedes dos —dijo Lois, echando un vistazo a su libreta de reportera—. Mandy ha entrado en un conservatorio de música muy exclusivo. Por lo que he podido averiguar, parece que está contenta, y no le ha dicho a nadie que asistió a Super Hero High. De modo que me he tomado la libertad de pedirle a Barbara Gordon que hiciera un poco de investigación por internet, y ha descubierto que, en su página de Our Space, había escrito: «Mandy Bowin, fuera. Wonder Woman, dentro. Alguien está superfeliz». Aunque lo borró casi al mismo tiempo que terminó de escribirlo.

Ya lo tenían, la prueba de que Mandy estaba resentida. Debía de darle vergüenza que la hubieran echado. Pero ¿qué había hecho que fuera tan grave? ¿O era verdad que, como decían Cheetah y algún que otro alumno, la directora Waller la había expulsado para que entrara Wonder Woman? Si era así, la superheroína creía que le debía una disculpa. Y si era Mandy la que intentaba acabar con ella, quería verla y averiguar por qué.

Eran tantas las posibilidades que Wonder Woman empezó a marearse con todo aquel asunto de Mandy Bowin. «¿Cómo puede tener este poder sobre mí alguien a quien ni siquiera conozco?», pensó.

CAPÍTULO 18

La semana siguiente fue peor. Mucho peor.

Todas las mañanas, Wonder Woman se despertaba y se encontraba con un buzón de correo electrónico lleno de mensajes crípticos.

«Ten cuidado, Wonder Woman, se te está acabando el tiempo.»

«Tus poderes no son nada comparados con los míos. ¿Quieres verlo?»

«No pierdas el tiempo salvando el mundo..., ¡mejor sálvate a ti misma!»

Aparte de Hawkgirl, no estaba segura de en quién podía confiar, y ella quería confiar en todo el mundo. No obstante, a Katana le faltaba la punta de su arma. En el último encuentro del Club de Ciencias, Poison Ivy había hecho explotar sin querer el Poderoso Polvo Potenciador que Wonder Woman estaba preparando. Y Harley no dejaba de subir videos embarazosos de ella.

—Hay algunos superhéroes entre nosotros que acabarán siendo grandes líderes y un ejemplo para seguir —dijo la directora Waller en la asamblea—. Otros tontearán con el lado oscuro y, aunque nuestro objetivo es ayudarlos a evitarlo, acabarán convirtiéndose en supervillanos. —Los asistentes se removieron inquietos en sus asientos cuando los alumnos miraron de manera disimulada y con recelo a algunos de sus compañeros de clase—. Nuestro próximo Superhéroe del Mes pertenece a la primera categoría —prosiguió The Wall.

Wonder Woman contuvo la respiración. Había tachado muchísimas cosas de su lista de asuntos pendientes, pero no aquella. Aún. Aparte de las amenazas que recibía, y de que se rieran de ella en la HQTV, y de que su madre le dijera que la sacaría del colegio, y de la rara sensación de vergüenza placentera que sentía cuando veía a Steve Trevor, las cosas le habían ido bastante bien. ¿Y si ése era su mes...?

—Nuestro próximo Superhéroe del Mes es...

Wonder Woman enderezó la espalda y se recolocó la tiara. Cuanto más lo pensaba, más sentido tenía que fuera ella. Le iba bien en los estudios, había salvado varias vidas y había ganado varias distinciones, como el récord del colegio de la Campana de Salvación.

Así que cuando la directora Waller anunció al Superhéroe del Mes, ¡Wonder Woman se levantó!

—Poison Ivy, por favor, sube al estrado —dijo Waller.

Sorprendida, Wonder Woman volvió a tomar asiento rápidamente mientras el resto de los alumnos se levantaban para ovacionar a Poison Ivy.

—¿En serio creías que iba a nombrarte a ti? —preguntó Cheetah entre risas.

—Eh... Eh... —balbució Wonder Woman.

—Mira que eres creída —comentó Frost.

La hija de la reina de las amazonas se estremeció

mientras veía avanzar hacia el estrado a su amiga. Poison Ivy estaba tan radiante de felicidad que, cuando se echó a reír, empezaron a llover flores del techo del auditorio.

—¡Esta alumna ha hecho algo extraordinario por la ciudad de Metrópolis y, a su vez, por todos nosotros! —exclamó la directora Waller, quitándose un narciso del hombro y arrojándolo a un lado.

Cuando se inició la proyección del video, los alumnos se toparon con la imagen desoladora de un solar lleno de piedras. Un ANTES apareció en la pantalla. En la siguiente escena, el mismo solar aparecía transformado y se leía un AHORA sobre un huerto exuberante de frutos y hortalizas.

—Gracias a Poison Ivy y a su amor por las plantas y la ciencia, todos nuestros vecinos de Metrópolis podrán sacar provecho de este huerto comunitario. Creado para ayudar a combatir el hambre, es lo bastante grande y fértil para alimentar a muchísimas personas y familias.

Para sorpresa de Wonder Woman, Steve Trevor apareció en la pantalla. Parecía nervioso.

«Esto..., hola —dijo—. ¿Estás grabando? ¿Ah, sí? Bueno. Me llamo Steve y trabajo de voluntario en la Granja Fam Met. Esto..., así es como llamamos a la Granja Familiar de Metrópolis. Gracias a Poison Ivy, los más necesitados tienen un lugar al que acudir en busca de productos frescos y saludables. Eeeh... ¿La cámara sigue encendida? ¿Puedo repetirlo?»

Poison Ivy se merecía el galardón, se recordó Wonder Woman. Era un premio total, completa y absolutamente merecido. Aun cuando Ivy no se hubiera propuesto crear una granja comunitaria, sino construir algo del todo distinto: una nueva arma hecha con plantas que obedecieran sus órdenes.

El doctor Arkham dejó escapar un sonoro suspiro cuando Wonder Woman se empeñó en hablar en lugar de echarse la siesta revitalizadora semanal. Volvió a meter la almohada debajo de la mesa y se sentó derecho.

—Sí, sí, bueno, el estrés es algo que incluso los superhéroes más veteranos tienen que aprender a sobrellevar —dijo mientras unía la yema de los dedos de ambas manos—. Espero que los libros que he ido dándote te hayan ayudado.

Ella no le dijo que había recurrido a la lectura rápida. Por desgracia, daba igual a la velocidad que los leyera, Wonder Woman no entendía ni una palabra.

—La vida de un joven superhéroe se divide en cuatro categorías —prosiguió el doctor Arkham—: colegio, vida social, deporte y dormir —prosiguió—. Escoge tres.

—Pero yo quiero hacer las cuatro —protestó la joven.

—¡Oh, vamos! ¡Eso es imposible! ¿De cuál vas a prescindir?

—¿De dormir? —aventuró Wonder Woman. Creía que eso ya había quedado claro.

—¿Estás segura?

—¿De la vida social?

—¿Estás segura?

—¿Del deporte?

—¿Estás segura?

—¿Del colegio?

—¿Estás segura?

Siguieron así todo el tiempo que duró la sesión, con lo que Wonder Woman terminó hecha un completo lío y sin saber qué quería en realidad. El doctor Arkham bostezó mientras se estrechaban la mano cuando acabó la hora.

—Adiós, Wonder Woman. Nos vemos la semana que viene. ¡Y mientras tanto, recuerda, no te estreses!

Todos los súpers se comportaban de manera ejemplar. Faltaba poco para que anunciaran quién formaría parte del equipo del Supertriatlón y nadie sabía quiénes integraban la comisión que seleccionaba a los miembros; por lo tanto, se veían obligados a impresionar a todo el mundo. Era agotador, sobre todo para los alumnos a los que les costaba comportarse bien.

—Hoy el pelo no te queda tan mal —le comentó Star Sapphire a Wonder Woman. Golden Glider, que estaba sacando brillo a sus patines, levantó la vista y se echó a reír.

—Tu trabajo sobre «Superhéroes que han vivido en islas» casi no ha sido una lata —le dijo Frost a Wonder Woman.

—No me caes bien —sentenció Cheetah.

De acuerdo, tal vez no todos los superhéroes se comportaban bien con los demás. Y había alguien que estaba comportándose particularmente mal con Wonder Woman. La cosa cada vez iba a peor. La última amenaza había llegado en forma de regalo. Emocionada, había abierto la caja rosa que venía envuelta con un lazo morado, pero al levantar la tapa, un ejército de ratones había invadido la habitación.

—¡Caramba! —había exclamado Harley, mientras les llovían ratones por todas partes—. ¡Si vas a hacer algo así, al menos avísame para que pueda grabarlo!

—¿Qué está ocurriendo? —preguntó The Wall. Una carpeta gruesa, que llevaba la etiqueta «W. Woman», voló hasta ella. Sin apartar los ojos de la joven, la directora Waller atrapó con gesto brusco la carpeta que se suspendía en el aire—. Gracias, Bumblebee —dijo.

Wonder Woman vio que su amiga se alejaba volando con un zumbido y que recuperaba su tamaño habitual antes de cerrar la puerta del despacho tras ella.

—¿Que qué está ocurriendo? —repitió—. Mmm... Por lo que he oído, ¿que hoy el pelo no me queda tan mal?

Guardaron silencio mientras la directora Waller revisaba la carpeta que, según pudo ver Wonder Woman, era del doctor Arkham. Cuando por fin la dejó sobre la mesa, The Wall preguntó:

—¿Qué me dices de la invasión de ratones en tu habitación?

—¡Ah, eso! —exclamó Wonder Woman. Temía estar metida en un lío—. Todos los ratones sobrevivieron.

—Wonder Woman, ese tipo de cosas están prohibidas fuera de clase —le advirtió. La chica vio que la directora fruncía el ceño y ella hizo lo mismo—. Quiero que me digas quién lo hizo —prosiguió la directora—. ¿Fuiste tú o Harley? ¿O fue otra persona?

—No puedo decírselo —contestó. No sabía la respuesta, ésa era la verdad.

—Ya veo —murmuró Waller—. Harley asegura que empezaron a llover ratones, pero no sabe por qué ni cómo, así que esperaba que a ti no te fallara la memoria.

—Mi memoria funciona correctamente —aseguró Wonder Woman. Cerró los ojos y pensó en su madre.

Como si le leyera la mente, la directora Waller dijo:

—Tu madre quería que no te perdiera de vista y eso es lo que intento hacer. —Volvió a coger la carpeta—. El doctor Arkham parece creer que estás muy estresada. ¿Es eso cierto?

Wonder Woman lo pensó unos instantes. Sí, estaba estresada, pero también lo estaban los demás alumnos de Super Hero High. El entrenamiento era agotador. Todo el mundo esperaba grandes cosas de ellos. Se les exigía mucho. Había vidas que dependían de que ellos se formaran adecuadamente.

—Puede que esté un poco estresada —admitió.

—Mmm... —murmuró la directora Waller, consultando una hoja de papel—. Diecisiete clubes son muchos. Te recomiendo que escojas uno o dos y dejes los demás. En cuanto a la lluvia de ratones, si estás encubriendo a Harley, no estás ayudándola.

—¡Toda la culpa es mía! —saltó Wonder Woman. No quería meter en un lío a su compañera de cuarto por algo que no había hecho. Ojalá supiera quién estaba causando todos aquellos problemas, porque entonces podría ponerles fin.

—Ya veo —dijo la directora—. Me temo que vas a tener que quedarte castigada después de clase. Conoces las normas de los castigos, ¿verdad? «¡Entrega tus armas, desconecta y cumple con tus obligaciones!» Al final de la semana, si no incumples ninguna otra norma, podrás retomar tu vida normal.

«¿Qué es normal?», se preguntó Wonder Woman.

—¿Tienes alguna pregunta?

Aquella era su oportunidad. ¿Se atrevía o no? La directora Waller no la habría animado a hacerle más preguntas si no estuviera dispuesta a contestarlas, ¿no?

—Tengo una —dijo. Le aliviaba saber que por fin iba a obtener una respuesta.

—Adelante —la animó la directora Waller mientras la acompañaba hasta la puerta.

Wonder Woman tragó saliva y se lanzó.

—¿Es cierto que echó a Mandy Bowin para que yo pudiera entrar en Super Hero High?

TERCERA PARTE

Wonder Woman estaba impresionada. No sabía que alguien pudiera sostener una mirada tan fiera durante tanto tiempo sin parpadear. Al final, The Wall cruzó sus fuertes brazos, enarcó una ceja y dijo con ese tono de voz que no admitía réplica:

—¿Con quién crees que estás hablando?

La joven se quedó muda de asombro. Creía haber estado hablando con ella, pero ahora ya no estaba segura. Desde que estaba en Super Hero High, nunca había estado tan asustada. Estaba más asustada incluso que aquella vez en que Scarecrow estaba probando su nuevo gas del miedo en el Club de Ciencias y ella estuvo dos días encogiéndose de terror. Más incluso que cuando tuvo que enfrentarse a un examen de historia a mitad de curso del que no tenía ni idea. Más incluso que cuando comió queso de cabra por primera vez.

—Los expedientes escolares no se comentan ¡nunca! —sentenció la directora Waller con contundencia—. ¡Ni el de Mandy, ni el tuyo, ni el de nadie! ¡Preocúpate por ti, en lugar de preocuparte por alguien que no está aquí!

—Pero... —empezó a decir Wonder Woman. Negó con la cabeza y salió despacio del despacho, de espaldas—. Lo siento —murmuró—. Lo siento mucho.

Y así era. Sentía haber sacado el tema a colación y, sobre todo, que existiera dicho tema. Había provocado la ira de The Wall. ¿Debía entender por sus palabras que ella sería la próxima expulsada? ¿Y luego qué? ¿De vuelta a Paradise Island? ¿Como una fracasada? ¿Qué pensaría su madre?

Wonder Woman avanzaba distraída por el pasillo cuando Bumblebee se acercó a toda prisa y la abrazó. Sobraban las palabras.

Cuando llegó a la clase de educación física, prácticamente había terminado. Aunque solía destacar en la carrera de relevos, ese día tenía la cabeza en otra parte.

—¡Los siguientes dos equipos! —gruñó Wildcat mirando a sus alumnos. Su voz era aterradora y su corpulencia no hacía prever que fuera tan ágil y veloz. Todo el mundo se removió nervioso. Wildcat era famoso por saltar sobre su víctima con una precisión mortífera cuando se le hacía frente.

El Equipo Uno estaba formado por Hawkgirl, Green Lantern y Cheetah, que era la última relevista. El Equipo Dos lo formaban Star Sapphire, Beast Boy y Wonder Woman, que cerraba la retaguardia. La carrera de ochenta kilómetros daba tres vueltas a Super Hero High, serpenteaba a través del bosque, recorría los acantilados y bajaba por el río hasta terminar en el punto de partida. En lugar de pasarse un testigo, cada equipo se pasaba un bastón eléctrico completamente cargado.

—Un estímulo añadido para correr más rápido —explicó Wildcat con un brillo travieso en la mirada—. Los bastones eléctricos están calibrados de manera especial. Si reducen la velocidad, recibirán una descarga. Si se detienen, recibirán una descarga. Si se quejan, recibirán una descarga. Eso sí, cuando lleguen a la línea de meta, si es que llegan, dentro del tiempo establecido, deben tirar el bastón al contenedor de desactivación, donde se descargará sin producir mayor daño. ¿Alguna pregunta? ¿No? Bien. ¡Ya!

Los dos primeros relevos de cada equipo se llevaron a cabo sin problemas, como era de esperar. Cuando las dos últimas corredoras recibieron los testigos, varios rayos de color azul restallaron en el aire. Cheetah y Wonder Woman echaron a correr muy igualadas, sin intención de aflojar, sin perder el aliento. Se aproximaban al bosque cuando la primera preguntó:

—¿Qué tal va todo?

Wonder Woman se disponía a contestar cuando su contrincante se echó a reír. «¿Qué pasa?», se preguntó, sorprendida. Estaba tan absorta pensando en los mensajes anónimos que al doblar un recodo cerrado que seguía la línea de los acantilados, chocó con Cheetah sin querer.

La superheroína de aspecto felino rodó por la ladera rocosa y sus rugidos de dolor llegaron incluso hasta la sala de profesores.

Sin perder tiempo, Wonder Woman se dirigió volando al lugar entre las rocas en que había aterrizado.

—¡Mi pierna! ¡Mi pierna! ¡Ay! —gritaba—. Me la he roto.

La veloz superheroína se dispuso a ayudarla, pero Cheetah la rechazó sin contemplaciones.

—Ya has hecho suficiente daño, ¿no crees?

A Wonder Woman se le llenaron los ojos de lágrimas.

—Lo siento mucho —dijo.

—Ve a buscar a Wildcat. ¡No hace falta que me ayudes más!

De pronto, un gigantesco estallido eléctrico iluminó la copa de los árboles.

Los bastones eléctricos se habían accionado y la onda expansiva resultante provocó el desprendimiento de las rocas más próximas. Wonder Woman cogió a Cheetah y alzó el vuelo para ponerse a salvo mientras contemplaban cómo el resto de las rocas caían rodando por la ladera. Si no hubiera reaccionado con tanta rapidez, ambas habrían acabado aplastadas.

Wonder Woman se quedó muda de horror, pero no Cheetah.

—Tú tienes la culpa. No creas que voy a olvidarlo —dijo.

El hecho de que Cheetah la despreciara de manera tan evidente afectaba mucho a Wonder Woman. ¿Es que no comprendía que había sido un accidente? Ella jamás le haría daño adrede.

Cheetah iba renqueando a todas partes apoyándose en unas muletas, con la pierna vendada, contándole a todo el que quisiera escucharla que había sido culpa de Wonder Woman. Harley consiguió que le concediera una entrevista, y la accidentada superheroína le dijo: «No sé si podré volver a caminar, y todo por culpa de Wonder Woman. ¡Ay! ¡Ay! ¡Uy! ¡Pero qué dolor!».

Aunque casi nadie se tomaba en serio sus quejas y

acusaciones constantes, la noticia de lo que había pasado se extendió. Tras el accidente, los chismes en internet se multiplicaron por diez. Todo el mundo tenía algo que decir sobre Wonder Woman, que, por primera vez, aparecía en el papel de villana.

«Pobre Cheetah —escribió alguien—. Era una de las favoritas para el equipo del Supertriatlón de Super Hero High. ¿Y si Wonder Woman la empujó por el acantilado para asegurarse de que no entrara en el equipo?»

Los rumores sobre la rivalidad entre las dos superheroínas corrían como la pólvora. Wonder Woman intentaba no prestarles atención y, de hecho, se alegró de estar castigada después de clase porque allí no se permitía hablar. Además, así tenía tiempo para acabar el diseño del traje para la asignatura de Crazy Quilt. La gran exposición estaba a la vuelta de la esquina y aquello la ayudaba a olvidarse de las habladurías, que le hacían más daño de lo que le habrían hecho las rocas.

Cuando por fin llegó el día de la presentación del traje, el ambiente parecía cargado de electricidad. Literalmente. El traje de Bumblebee había vuelto a fallar y toda la clase había recibido pequeñas descargas, lo que había hecho aumentar la emoción. Se trataba de una gran ocasión. Si salía bien, el traje de superhéroe podía convertirse en una sensación. Pero si no funcionaban, los superhéroes se arriesgaban a aparecer en la nueva sección de videos de Harley: «¿Moda, funcionalidad o fracaso?».

Crazy Quilt había construido una pasarela en medio del aula, que parecía un *loft*. Los súpers se distribuían a ambos lados, sentados en sillas plegables, y él ocupaba algo parecido a una silla de socorrista y sujetaba una carpeta en la que anotaba las valoraciones de cada traje.

—¡Wonder Woman! ¡Veamos qué tienes! —gritó a través de un megáfono, totalmente innecesario en una habitación tan pequeña.

—A ver si no te equivocas —le dijo Golden Glider con una sonrisa traviesa, soplándole copos de nieve.

—Buena suerte, compañera —le susurró Star Sapphire—. ¡Déjanos en buen lugar!

—¡Gracias! —contestó Wonder Woman, animada. Sin la ayuda de Star Sapphire, su traje no sería ni la mitad de bueno de lo que era. Aunque quien más la había ayudado era Katana, la Violet Lantern había insistido en que conservara la larga capa.

—Fue la inexperiencia la que hizo que tropezaras —le había asegurado con su tono de voz más dulce—. No hay nada que pueda compararse con el vuelo majestuoso de una regia capa de amazona.

El anillo violeta lanzaba destellos y Golden Glider asentía, dándole la razón.

El público ahogó un grito cuando Wonder Woman subió al estrado. Su traje era original, pero sobrio al mismo tiempo. Sencillo y funcional. Clásico y elegante. Katana había orientado a Wonder Woman, que había usado materiales orgánicos que le había recomendado Poison Ivy. La gama de colores era atrevida, como le había sugerido Harley, y el rojo, el azul y el dorado combinaban a la perfección. Hawkgirl le había propuesto que incorporara un enganche en el cinturón para sujetar el Lazo de la Verdad cuando no lo utilizara.

Las mallas eran de un color azul real vivo, con estrellas blancas a lo largo de las costuras laterales, que combinaba con un elegante cinturón dorado alrededor de la cintura. Sobre el top, de un rojo intenso y con mangas casquillo, lucía un cuello dorado en forma de dos uves dobles, una sobre la otra, que sobresalían por los hombros como si fueran alas. Unas botas rojas de caña alta, pero planas, adornadas con un ribete dorado y unas alitas blancas completaban el atuendo. Y para absoluto horror de Katana, Wonder Woman había decidido llevar la capa que Star Sapphire le había propuesto. Era innegable que daba un aire muy formal y espectacular al traje de la princesa, que a Wonder Woman parecía gustarle.

Crazy Quilt apretó el botón de un enorme radiocasete muy viejo y empezó a sonar una música disco que animó a la joven a acelerar el paso. Sus amigas la ovacionaron. De pronto, le dispararon tres barriles, pero ella levantó los brazaletes y los esquivó. Mientras los barriles rebotaban en las paredes, el techo se abrió y una tina llena de gelatina naranja empezó a inclinarse sobre Wonder Woman. La joven superheroína se puso a salvo de un salto, aunque estuvo a punto de tropezar con uno de los barriles. No era un simple desfile..., ¡era una carrera de obstáculos!

—Hay que poner a prueba tanto el diseño como la funcionalidad del traje —dijo Crazy Quilt desde su silla de socorrista. Los ojos le brillaban, llenos de entusiasmo—. No pares, Wonder Woman. ¡Veamos de qué están hechos tu traje y tú!

Encantada, la joven superheroína avanzó por la pasarela, rechazando balas con los brazaletes, envolviendo con el lazo los drones que se acercaban y sorteando reptiles hambrientos de un salto. De pronto, empezó a sonar la Campana de Salvación. Esta vez, Wonder Woman no vaciló. Llamó a Bumblebee, Hawkgirl y Katana.

—¡Vamos!

Las cuatro corrieron a lo alto del edificio de administración, de donde procedía la alarma, y se detuvieron en seco. Al mirar hacia arriba, vieron una escena increíble. Un trío de profesores con sudaderas a conjunto había capturado a la directora Waller y la había encerrado (a ella y su mesa) en una jaula de cristal sellada que se balanceaba peligrosamente en la cornisa del tejado. De no ser por los agujeritos que habían practicado en el cristal para que pasara el aire, The Wall no habría podido seguir respirando mucho rato más.

—¿Qué significa la «vm» que llevan en las sudaderas? —le preguntó Wonder Woman a Hawkgirl mientras volaban hacia allí para hacerse una mejor idea de lo que ocurría. La larga capa de Wonder Woman le proporcionaba mayor aerodinámica y sintió la potencia extra.

—Villano Malvado —le explicó su amiga—. Los profesores llevan sudaderas vm durante los simulacros cuando hacen de villanos. Waller no deja de repetir que no siempre es tan fácil identificar a los villanos de verdad.

—¡Me aburro aquí dentro, súpers! —bramó la directora mientras revolvía los papeles que tenía sobre la mesa. Miró el reloj—. ¡Será mejor que alguien me saque de esta jaula cuanto antes o aquí no se va a salvar nadie!

O la jaula de cristal se hacía cada vez más pequeña como por arte de magia... o la directora Waller se hacía cada vez más grande. En cualquier caso, ¡estaba a punto de acabar apachurrada!

Katana estaba escalando el edificio. Detrás, aunque rezagada, iba Cheetah con la pierna vendada.

—¿Y por qué no cogen el ascensor? —preguntó Green Lantern cuando pasó volando por su lado.

Los voladores se suspendían en el aire, buscando el

modo de sacar a la directora Waller de su prisión. Algunos súpers, como Miss Martian, se quedaron en tierra sin saber qué hacer. A lo lejos, una masa gigantesca de nubes grises amenazaba con descargar sobre Super Hero High.

Harley lo grababa todo en video.

Cheetah y Katana casi habían llegado a lo alto del edificio.

—Yo puedo sacar a Waller —aseguró Poison Ivy desde abajo. Sólo la oyó Wonder Woman, que bajó volando.

—¿Cómo? —preguntó.

—Con esto —dijo Poison Ivy, y extendió la mano para mostrarle la pequeña semilla que descansaba en su palma—. Sólo hay que meterla en la jaula.

—¡Bumblebee, tengo un trabajo para ti! —gritó Wonder Woman.

—Tú dirás.

—Acompáñame y te lo explico —dijo la princesa amazona, echando a volar—. ¡Gracias, Ivy!

Bumblebee se encogió de tamaño y entró en la prisión de cristal a través de uno de los respiraderos.

—Ah, hola —la saludó la directora Waller, bastante sorprendida. El techo de cristal prácticamente le tocaba la coronilla.

Para entonces, Katana y Cheetah ya habían llegado al tejado y estaban discutiendo lo que debía hacerse. La superheroína asiática intentó romper el cristal y Cheetah se dedicó a buscar una puerta oculta.

—¡Bumblebee, haz lo que tú ya sabes! —gritó Wonder Woman, y a continuación voló más alto para tener una mejor perspectiva. Una ráfaga de viento le agitó la capa con violencia y de pronto empezó a volar... hacia atrás, y por mucho que intentaba controlar la situación, lo único que conseguía era enredarse cada vez más en la tela. Temió que, en lugar de rescatar a la directora Waller, alguien tuviera que rescatarla a ella. Empezó a descender en picado...

CAPÍTULO 20

El suelo se acercaba a tanta velocidad que Wonder Woman disponía de menos de un nanosegundo para reaccionar. ¡El cierre del cuello que sujetaba la capa al traje se había atascado! Lo arrancó de un tirón y se detuvo en seco, a escasos centímetros de estamparse contra el duro cemento.

La capa aterrizó sobre Star Sapphire mientras el resto de los alumnos aplaudían que Wonder Woman se hubiese salvado por los pelos. Sin embargo, aquello no ayudaba al Muro, que seguía atrapada en su jaula de cristal, aunque ahora estaba acompañada. Bumblebee había recuperado su tamaño normal y le sonreía, si bien la sonrisa se topó con una mirada de pocos amigos.

—¡Disculpa —gritó la directora Waller desde arriba a Wonder Woman, con voz cansada—, pero no es momento de ponerse a jugar con la capa! ¿Podría alguien solucionar este asunto, por favor?

Wonder Woman volvió a alzarse por los aires. Ahora que ya no tenía que arrastrar la aparatosa capa, cada vez alcanzaba mayor altura y velocidad.

—Adelante, Bumblebee —dijo, metiendo la semilla a través del respiradero para dársela a su amiga—. ¡Llévate a la directora Waller a un rincón contigo, lanza la semilla y manténganse apartadas! ¡Yo me ocupo del resto!

Todo el mundo aplaudió cuando Bumblebee lanzó la semilla al suelo y esta empezó a crecer de inmediato hasta convertirse en un árbol tan grande y robusto que atravesó el cristal y lo hizo añicos. Cuando Waller empezó a caer, Wonder Woman la recogió en pleno vuelo. Varios voladores consiguieron atrapar la mesa y recuperar los papeles que llovían sobre el colegio.

Si los súpers creían que ya había acabado todo, estaban equivocados. La masa gris se hinchó y las nubes tormentosas comenzaron a disparar rayos. Wonder Woman miró a su alrededor. Hawkgirl y Beast Boy —que había adoptado la forma de murciélago— regresaban volando al colegio, por delante de la gran nube. Los súpers iniciaron la desbandada.

—Yo me encargo —dijo alguien.

Wonder Woman se volvió y vio a Golden Glider enterrando los patines en el suelo helado que había aparecido a su alrededor. Reuniendo todas sus fuerzas, invocó sus poderes y lanzó una ráfaga de aire glacial al centro de la nube gris, que parecía ocupar varias manzanas de ancho. Casi al instante, la masa de color ceniza empezó a helarse y a precipitarse hacia el suelo. Sin embargo, antes de que pudiera causar ningún daño, Katana dio un paso al frente y lanzó su espada, que impactó contra el hielo con tanta fuerza ¡que lo convirtió en granizo!

El granizo ya se había fundido y sólo era un recuerdo cuando todo el mundo se reunió en el auditorio.

—Un agradecimiento especial para la nube de tormenta

cibernética del profesor Ivo, el remate del simulacro de la Campana de Salvación de hoy —dijo la directora Waller mientras Golden Glider y Katana chocaban los cinco—. Y lo más importante de todo —prosiguió—, felicidades, súpers, por su trabajo en equipo. ¡Felicidades!

Cuando los súpers regresaron a sus clases, Crazy Quilt levantó la vista de la revista de moda que estaba hojeando. Era de septiembre de 1976.

—Ah, ya han vuelto —dijo—. Wonder Woman, ¡nunca había visto nada igual!

—¿Se refiere al rescate de la Campana de Salvación? —preguntó.

—No, no, no —contestó él, señalando una computadora donde se había estado reproduciendo el video de Harley—. Nunca había visto a nadie diseñar un traje en pleno vuelo. ¡Qué atrevido! Al deshacerte de esa capa espantosa, tuviste un momento de inspiración en el que se fusionaron moda y funcionalidad. ¡Bravo, bravo! —exclamó—. ¡Vamos! ¡Demos todos un fuerte aplauso a Wonder Woman y su matrícula de honor en diseño de trajes!

No aplaudió todo el mundo.

Cuando Wonder Woman regresó a su habitación, Harley estaba anotando el número de visitas que había recibido el video de la Campana de Salvación.

—¡El seguimiento ha sido bestial! —exclamó—. ¡Ahora mismo los www están encantados!

Wonder Woman no miraba la computadora, el sobre de color crema que había encima de su almohada reclamaba toda su atención. Dentro se encontró con otra nota. Esta vez decía: «Ándate con cuidado y lárgate de aquí. No es ninguna broma, aunque tú des risa».

—¿Adónde vas? —preguntó Harley al ver que Wonder Woman se dirigía a la puerta.

—A ver a unos amigos —contestó.

El mercadillo semanal de Metrópolis ocupaba casi la mayor parte del Centennial Park. Los puestos de vivos colores estaban llenos a reventar de mesas abarrotadas de frutas y verduras frescas, panes, *brownies*, sacos de cereales y bolsas de frutos secos. Poison Ivy tenía aspecto triste y solitario, sentada detrás de una mesa con un cartel hecho a mano donde decía: «¡Superdeliciosas manzanas Poison!». Por desgracia, nadie las compraba.

Wonder Woman le compró tres —sabía que sólo se llamaban así porque eran de Poison Ivy, no porque estuvieran envenenadas— y se dirigió al puesto de pan y tartas.

—¿Me da una? —pidió, señalando una tarta de cereza con un dorado enrejado de hojaldre.

—¡Marchando una porción de tarta! —dijo la mujer. Tenía las mejillas tan rojas como las cerezas.

—No, no, la quiero entera, por favor —especificó—. Y no hace falta que la envuelva, es para comer ahora.

—Ésta es mi chica —dijo la panadera, sonriendo.

Wonder Woman le devolvió la sonrisa y no la corrigió. Sin embargo, ella no era su chica. Su madre vivía en Paradise Island. Sacó una foto a la tarta para su madre.

Captain Cold y sus amigotes de CAD Academy pasaron por su lado gruñendo como cerditos.

—¿Qué les pasa? —preguntó Wonder Woman. La tarta desaparecía a ojos vista—. No lo entiendo.

—Te estás comiendo una tarta entera —señaló Heat Wave.

—¡Sí! —admitió ella—. ¡Y está deliciosa!

Cuando luego vio a Lois y a Hawkgirl abriéndose paso entre la gente, se acercó corriendo a ellas y les entregó la última nota. La periodista la leyó y, a continuación, le tendió la dirección de Mandy.

—No tienen ninguna posibilidad —dijo Captain Cold, cuando él y sus amigos se cruzaron de nuevo con ellas.

—¿Por qué lo dices? —preguntó Wonder Woman. ¿Sabría algo de Mandy?

—En el Supertriatlón. Super Hero High no tiene ninguna posibilidad —repitió—. Todo el mundo sabe que CAD Academy se llevará el título a casa, igual que el año pasado.

—¡Sí! ¡La victoria está asegurada! —se jactó Ratcatcher antes de que Captain Cold lo fulminara con una mirada helada que lo dejó mudo.

«Live evil!», corearon los chicos de CAD Academy mientras se alejaban. «Live evil!» Y los siguieron oyendo incluso después de haberlos perdido de vista.

—Qué bien que se hayan ido —se alegró Lois—. Wondy, ésa es la dirección que me habías pedido. ¿Para qué la querías?

—Voy a ir a ver a Mandy —contestó—. Quiero pedirle disculpas.

—¿Por qué? —preguntó Hawkgirl—. Tú no has hecho nada. Además, ¡podría ser peligrosa!

—Si lo es, quiero saberlo —concluyó Wonder Woman—. Y si no lo es, bueno, me gustaría saber por qué se fue de Super Hero High.

—No sé si es buena idea que te presentes en su casa así sin más... —comentó Lois, pensando en voz alta.

—Ya, pero si es la responsable de esas notas y Wondy le avisara de que va a ir a verla, podría resultar peligroso para ella —razonó Hawkgirl.

—¿Qué vas a hacer? —preguntó Lois.

—Lo sabré cuando llegue allí —contestó la princesa de Paradise Island.

A continuación volvió al puesto de pan y tartas.

—¿Me da otra tarta? —dijo.

—¡Por supuesto! —contestó la vendedora—. ¿Es para comértela ahora o para llevar?

—Para llevar, gracias. Tengo que ir a un sitio.

CAPÍTULO 21

Wonder Woman observó a sus amigos y compañeros de estudios desde las nubes mientras iban de aquí para allá, comiendo maíz asado en su mazorca, haciendo travesuras y provocando el alboroto de siempre. Le costaba creer lo lejos que estaba Metrópolis de los mares tropicales de Paradise Island, de las palmeras que se mecían suavemente con la brisa y los palacios griegos. Aun así, adoraba ambos lugares con todo su corazón y no se imaginaba renunciando a ninguno de los dos. La sola idea de que algún día tendría que dejar Super Hero High la entristecía profundamente.

Más tarde, Wonder Woman estaba consultando un mapa mientras volaba hacia una zona remota de Metrópolis llamada Hobb's Bay cuando vio un gigantesco puente colgante que se extendía sobre un mar azul y en calma. Unas gaviotas curiosas volaron a su lado antes de cambiar de rumbo hacia lugares desconocidos. Ella, sin embargo, continuó siguiendo el recorrido de una carretera empinada y llena de curvas, hasta que se detuvo sobre una casa victoriana de color morado, con molduras rosas y aleros recargados. En el porche había una bicicleta amarilla con una cesta de flores y salía música de las ventanas abiertas del primer piso.

Nunca había oído nada tan hermoso. Era como si la música la llamara y la atrajera hacia ella, llegándole al corazón. Tan bellos eran los sonidos que empezó a llorar de dicha. ¿Quién tocaba aquella música tan irresistible?

Voló hasta la ventana abierta y echó un vistazo al interior. Una chica de pelo corto y oscuro tocaba el violín de pie y con los ojos cerrados. Parecía como si estuviera perdida en otro mundo. Cuando la música cesó, la joven parpadeó. Al abrir los ojos, vio a Wonder Woman frente a ella. Asustada, ahogó un grito.

—¡Hola! —dijo la superheroína, saludándola con la mano—. Era muy bonito. Me llamo Wonder Woman.

—Sé quién eres —contestó la chica, con una cara que no ocultaba su sorpresa—. Te sigo por la hqtv.

La princesa de Paradise Island se estremeció ligeramente. ¿Mandy Bowin había estado siguiéndola?

—¿Qué haces aquí? —preguntó la violinista—. ¿Esa tarta es para mí? Me encantan las tartas.

Wonder Woman había olvidado que llevaba la tarta de cerezas que había comprado en el puestecillo.

—¿Ah, sí? Pues entonces la tarta es para ti —dijo—. He venido para hablar contigo. Eres Mandy Bowin, ¿verdad?

La chica asintió. Parecía más pequeña que la mayoría de los alumnos de Super Hero High. Tenía un rostro de expresión amable y sincera, y una sonrisa radiante. No daba la impresión de ser el tipo de persona a la que echarían de ninguna parte.

—¿Quieres pasar? —la invitó Mandy. No parecía sorprendida de que Wonder Woman quisiera hablar con ella.

—Sí, gracias —contestó la superheroína, entrando por la ventana.

—Voy a buscar un plato para la tarta —dijo Mandy, y dejó el violín—. Ponte cómoda. Como si estuvieras en tu casa.

Wonder Woman dejó el lazo en el suelo, junto a la cama, como siempre hacía cuando estaba en casa y en la habitación que compartía con Harley. Colocó la tarta en el escritorio y miró a su alrededor. Había pósteres de músicos famosos en las paredes. Las estanterías estaban abarrotadas de premios de música. Nada fuera de lo habitual. En el escritorio había una foto de Mandy con un hombre de expresión seria que agarraba con fuerza un violín. Tenían los mismos ojos castaños.

Cuando la chica regresó, tropezó con el Lazo de la Verdad. Wonder Woman atrapó los platos y los tenedores antes de que cayeran al suelo, pero la leche voló por los aires y acabó manchando el violín.

—¿Estás bien? —preguntó Wonder Woman, mirando a Mandy, que había quedado enredada en el Lazo de la Verdad.

—Sí, gracias —contestó la joven con sinceridad. No tenía alternativa—. Aunque fue duro dejar Super Hero High. Me alegro de que la directora Waller se portara tan bien y me dejara marchar.

«¿Que la había dejado marchar?»

—Entonces, ¿no te expulsaron? —preguntó Wonder Woman mientras la liberaba del lazo.

Mandy corrió hacia su violín y secó la leche que se había derramado sobre él.

—¿Expulsarme? No. Bueno…, sí, pero no. En realidad, no. Sólo un poco. ¿Sabes lo que quiero decir?

Wonder Woman negó con la cabeza. ¿Era uno de esos problemas de matemáticas? ¿Se suponía que tenía que sumar y luego dividir algo?

—¿Te importaría contarme por qué ya no vas a Super Hero High? —preguntó, tendiéndole una porción de la tarta de cerezas.

Ambas se sentaron en la alfombra con las piernas cruzadas y empezaron a comer.

—Yo nunca quise ir a Super Hero High —le explicó con la boca llena—. ¡Vaya, qué bueno está el hojaldre!

Wonder Woman asintió. Estaba delicioso.

Mandy prosiguió.

—Mi padre deseaba que yo fuera una superheroína. Él lo intentó de joven y, bueno, no lo consiguió. Total que, para no hacerte el cuento largo, acabó convirtiéndose en algo así como un villano... El Violinista. —Mandy bajó la vista al decir aquello. A continuación, tomó aire y enderezó la espalda—. Él quería lo mejor para mí, y yo quería que se sintiera orgulloso de mí. Así que hice todos los exámenes, pasé la entrevista y me admitieron en el colegio.

Wonder Woman acompañó su trozo de tarta con un vaso de leche y, a continuación, se sirvió otra porción, dejando sólo la mitad de la tarta en el molde.

—¿Qué ocurrió? ¿Por qué te fuiste?

Mandy le señaló la cara.

—Te ha quedado un bigotillo de leche —dijo.

La superheroína se miró en el espejo.

—¡Ay! Sí, es verdad. Gracias —contestó, sin dejar de mirarse.

Mandy lo pensó unos momentos.

—Super Hero High no era para mí. Ni siquiera llegué a escoger un nombre de superheroína. Lo único que siempre he querido es ser una gran música. Prefiero aliviar al mundo con mi música y dejarles a otros la tarea de salvarlo.

Wonder Woman levantó la mano.

—¡Lo salvaré yo! —se ofreció.

—¡Bien! —dijo Mandy, sonriendo—. Esperaba que dijeras eso.

—Bumblebee me comentó que te oyó amenazar a la directora Waller —dijo Wonder Woman.

La joven se echó a reír. Y lo mismo hizo Wonder Woman, aunque no estaba segura de por qué. ¿Había dicho algo gracioso? Aquello era bueno. Harley siempre le decía que debía tener sentido del humor.

—Lo que ocurrió fue que The Wall y yo hablamos con franqueza —se explicó Mandy—. La gente cree que es muy dura, pero no es cierto. Es un encanto, pero no quiere que nadie lo sepa porque eso arruinaría su reputación. La directora Waller estaba convencida de que yo tenía potencial para ser una superheroína. Sé que Super Hero High es el sitio idóneo, pero yo quería ir a una escuela de música muy exclusiva.

»Mi padre jamás habría permitido que me fuera, pero si me expulsaban, entonces no podría insistir en que me quedara y el colegio no quedaría en mal lugar, por eso la directora Waller y yo fingimos una pequeña pelea ¡y así pude irme a casa!

Los pensamientos se agolpaban en la cabeza de Wonder Woman, que intentaba encontrarle un sentido a lo que acababa de oír.

—Entonces, ¿qué es lo que quieres hacer? —preguntó.

—Yo sólo quiero componer música hermosa para que la disfrute el mundo entero.

Mandy cogió su violín.

En Super Hero High, todo el mundo tenía un arma para combatir el mal. Sin embargo, Wonder Woman se dio cuenta de que aquella chica tenía un antiarma, un instrumento poderoso, pero capaz de causar una gran felicidad.

Pero, si Mandy Bowin no era la persona que estaba detrás de las notas amenazadoras, entonces, ¿quién era? ¿Y por qué esa persona tenía tantas ganas de que se fuera de Super Hero High? La preocupación volvió a apoderarse de ella, aunque en ese momento ocurrió algo muy extraño. Mandy cerró los ojos y empezó a tocar el violín.

La música danzó por la habitación, arrastrando consigo las preocupaciones de Wonder Woman y reemplazándolas por alegría. En ese instante se dio cuenta de que tanto ella como Mandy debían ser quienes querían ser y no quienes los demás esperaban que fuesen... Y menos aún el acosador anónimo que quería deshacerse de ella.

—¡Eres una verdadera virtuosa del violín! —exclamó.

—Gracias —dijo Mandy sin abrir los ojos.

Y entonces Wonder Woman hizo algo que no había hecho desde que había llegado a Super Hero High. Apoyó la espalda y se relajó, luego cerró los ojos y se perdió en la bella música de Mandy.

El doctor Arkham habría estado orgulloso.

CAPÍTULO 22

A lo largo de los días posteriores a haber conocido a Mandy Bowin, Wonder Woman sintió una calma que nunca había experimentado antes. Aunque seguía sin saber quién quería que se fuera de Super Hero High, aquel asunto ya no la atormentaba. Dejó de estresarse tanto y, en su lugar, utilizó el tiempo extra para concentrarse en su entrenamiento de superheroína. Al fin y al cabo, no tardarían en anunciar quiénes formarían parte del equipo de Super Hero High para el Supertriatlón.

Wonder Woman habría mentido si hubiera dicho que no quería estar en el equipo. De hecho, lo que más deseaba era representar a su colegio en la competición. Se concentraba todo lo que podía en cada clase, hacía preguntas, prestaba atención y tomaba apuntes. Perfeccionó sus habilidades con el lazo, los brazaletes y la tiara. Trabajaba sin descanso y, cuando ya no podía más, recuperaba fuerzas, recargaba las pilas y trabajaba un poco más. Acababa tan agotada que por las noches dormía profundamente. Ni siquiera oía a Harley contando chistes y riéndose sola en sueños.

Dejó de ver los videos de la HQTV en los que aparecía y de leer los comentarios. Los únicos correos electrónicos que abría eran los de su madre, y cuando le dejaban una nota anónima, se la daba a Hawkgirl o a Lois, pero ni se molestaba en leerla.

A pesar de lo cansada que estaba, no tuvo ningún problema para levantarse la mañana que se anunciaría la composición del equipo. Había programada una asamblea, una reunión que cambiaría las vidas de cuatro alumnos. Por lo general, siempre se tardaba un par de minutos hasta que todo el mundo se calmaba, pero ese día, nadie revoloteaba ni se suspendía por encima de sus asientos. No, todo el mundo estaba en su sitio y con la vista al frente.

Los profesores ocupaban unos tronos gigantescos sobre el estrado —idea de Crazy Quilt—, detrás de la directora Waller.

—Hoy anunciaremos qué alumnos formarán parte del equipo de Super Hero High —empezó diciendo The Wall. Lo único que se oyó en el auditorio fue un debilísimo ping causado por un fallo informático sin importancia en los circuitos de titanio de Cyborg—. Resultar elegido es un gran honor. No sólo porque los seleccionados representarán al colegio, sino también porque todo el mundo, aquí y más allá, será testigo de sus acciones.

»Alumnos del equipo de Super Hero High, cuando oigan sus nombres, por favor, suban al estrado —prosiguió la directora Waller. Se percibió un cambio en el ambiente del auditorio cuando levantó un sobre lacrado—. Ni siquiera yo he visto aún la lista de los finalistas.

A Wonder Woman le faltaba el aire.

—El primer miembro del equipo de Super Hero High es...

Wonder Woman se inclinó hacia delante.

—¡Katana!

El auditorio estalló en gritos de alegría y aplausos. Katana empezó a hacer piruetas hasta llegar al estrado, donde hizo una profunda reverencia ante la directora Waller antes de repetir el mismo gesto ante los profesores y luego ante el público.

Wonder Woman aplaudió con fuerza, contenta por su amiga, y luego tomó asiento. Todavía quedaban otros tres miembros, además del suplente.

—¡Frost, por favor, acompáñanos! —dijo The Wall.

La temperatura descendió cuando Frost se puso en pie, paseando la vista por el auditorio. Wonder Woman creyó ver el atisbo de una sonrisa cálida en el rostro de la gélida superheroína.

—A continuación, me gustaría que Beast Boy subiera al estrado. ¿Nos haces el favor? —prosiguió la directora Waller.

Beast Boy se transformó en elefante, luego en pastor alemán, luego en gacela y en un montón de animales más hasta que alzó los brazos en señal de victoria y lanzó besos al público.

Sólo quedaba una plaza en el equipo. ¿Quién la ocuparía? Wonder Woman era incapaz de estarse quieta. Miró a su alrededor. Harley daba saltitos en su asiento, Poison Ivy se retorcía los largos cabellos cobrizos, Bumblebee había pasado de tamaño chica a tamaño abeja y otra vez a tamaño chica, Green Lantern estaba chascando los nudillos y Cheetah parecía enfurruñada.

—El cuarto miembro del equipo de Super Hero High es...

Wonder Woman cerró los ojos. Recordó la vergüenza que había pasado cuando creyó que la habían elegido Heroína del Mes y se había levantado al oír el nombre de Poison Ivy. Esta vez se aseguraría de que eso no volviera a pasar.

Recordó el primer día en Super Hero High, en ese mismo auditorio, cuando tropezó de camino al estrado. Sólo hacía un par de meses de aquello. Habían ocurrido muchas cosas desde entonces y...

—¡Wonder Woman! —la llamó la directora Waller... de nuevo.

«¿Qué...?»

—Wonder Woman, ¿vas a subir al estrado junto a tus compañeros o prefieres quedarte ahí sentada?

«¿Eh?»

—¡Va, Wondy, ve! —la animó Bumblebee, obligándola a ponerse en pie y empujándola por el pasillo.

Wonder Woman no se podía creer que estuviera allí, junto a los demás miembros del equipo de Super Hero High. Harley lo estaba grabando todo.

—¡Hola, mamá! —saludó a la cámara. Casi estuvo a punto de añadir: «¡Hola, Mandy!», pero se contuvo, y en su lugar dijo: «¡Hola, Virtuoso!», sabiendo que su nueva amiga estaría viéndola y que entendería el nombre en clave. Tenía la sensación de que el corazón estaba a punto de estallarle de orgullo.

—Todavía no hemos terminado —prosiguió la directora Waller, aclarándose la garganta—. Estos magníficos superhéroes que ven ante ustedes han sido seleccionados no sólo por sus talentos particulares, sino por el modo en que sus capacidades y poderes se complementan con los de los demás. El último miembro del equipo es un suplente. Sin embargo, el papel de esa persona no tiene nada de sencillo. Y eso se debe a que, como suplente, ha de ser capaz de intervenir en cualquier momento y coger el testigo si alguno de los demás componentes del equipo no puede competir por algún motivo. No sólo debe poseer sus poderes, sino que además ha de ser capaz de adaptar sus habilidades y capacidades a las del equipo.

Wonder Woman miró al público. Todo el mundo se sentaba derecho.

—El suplente del equipo de Super Hero High es...

¿Quién podría ser? Wonder Woman paseó la vista entre los asistentes.

—¡Hawkgirl! —anunció Waller.

Wonder Woman corrió hacia ella y la abrazó en cuanto su amiga pisó el estrado. Hawkgirl parecía conmocionada.

—Felicidades a estos magníficos y jóvenes superhéroes —dijo la directora—. Y a todos ustedes. Todos y cada uno de ustedes poseen poderes de los que, tal vez, ni siquiera sean conscientes todavía. Aunque no estén en el equipo del Supertriatlón, todos forman parte del equipo de Super Hero High, y juntos lucharemos por hacer del mundo un lugar mejor.

Tras la asamblea, los entrenadores dejaron que los miembros del equipo saltaran, rebotaran contra los edificios, atravesaran las nubes, cortaran cosas y dieran la vuelta al mundo... antes de pedirles que se reunieran en el gimnasio.

Dispensados de ir a clase, el equipo disponía de un mes para concentrarse en el entrenamiento para el Supertriatlón. Star Sapphire, cuyo traje había conseguido un sobresaliente alto en la asignatura de Crazy Quilt, quedó a cargo de los uniformes, y Bumblebee fue nombrada encargada de las armas y del equipo. Harley, ¿cómo no?, pasó a ser la cámara.

A pesar de que Cheetah no formaba parte del equipo de Super Hero High, Wonder Woman tenía la sensación de que, fuera donde fuese o hiciera lo que hiciera, siempre estaba allí.

«Tendrían que haberme elegido a mí en lugar de a ti», no dejaba de mascullar entre dientes, señalando su pierna vendada. También había más personas cerca del equipo: como Barbara Gordon, la estadística del equipo, y Lois Lane, que estaba realizando una serie para la web titulada *El alto precio de la competición*, en la que aparecían no sólo los miembros del equipo de Super Hero High, sino también los de otros colegios de alto nivel. Y Riddler no paraba de aparecer y hacer bromas constantemente con que era el suplente del suplente. Hawkgirl no lo encontraba gracioso.

Los alumnos siempre se habían sentido observados con lupa, pero ahora iban a ponerlos debajo del microscopio. El público nunca se cansaba de saber cosas sobre sus vidas privadas ni de, como Harley llamaba a su serie, las *Vidas supersecretas* de los superhéroes adolescentes.

Las semanas pasaron volando. Todos los miembros del equipo tenían que enfrentarse a sus propios desafíos.

Beast Boy se negaba a revisar su trabajo y Liberty Belle, a cargo de la parte académica, tenía que repetirle una y otra vez que se lo tomara con más calma.

Cuando llegó el momento de la entrevista, hubo que enseñar a Frost a no congelar al tribunal. Durante la prueba práctica de A/P, que contaba un cincuenta por ciento de la etapa de clasificación previa, Katana tenía tantas ganas de demostrar sus habilidades que aparecía con espadas y cuchillos no reglamentarios. Bumblebee tenía que vigilarla de cerca para que el equipo no acabara descalificado por su culpa.

La única persona que destacaba en las tres categorías era Wonder Woman.

—Eh, he oído que pronto podría haber un nuevo superhéroe entre los alumnos —comentó Lois, mientras anotaba los progresos que hacía cada uno—. ¿Tú sabes algo?

Hawkgirl dejó de hacer flexiones.

—Me ha llegado el rumor de que procede de otro planeta.

—Eso sería genial —comentó Wonder Woman—. Me encantaría conocer a alguien tan distinto.

Por el momento, estaba aprendiendo a ser una triatleta y pronto sabría si lo había conseguido. El centenario del Supertriatlón estaba a la vuelta de la esquina.

CAPÍTULO 23

Las amenazas cesaron de manera tan misteriosa como habían comenzado. Habían pasado varios días desde la última que había recibido Wonder Woman.

—Espero que se hayan acabado definitivamente —dijo Hawkgirl.

—Muchas veces, si no les sigues la corriente, acaban cansándose —comentó Lois Lane—. He escrito un montón de artículos sobre el tema y, por lo general, los villanos atacan para desquitarse de algo que les ha pasado. En realidad, son unos cobardes.

—Puede que nunca sepa quién era, pero me alegro de que se haya acabado —dijo Wonder Woman, dejando escapar un suspiro de alivio.

Star Sapphire se presentó delante del equipo con cinco maniquíes, todos ellos cubiertos con una tela azul.

—Estos son vuestros uniformes de equipo para el Supertriatlón —anunció—. He cogido sus trajes de superhéroe actuales, los he modificado y les he añadido una insignia de Super Hero High y otros adornos.

»He trabajado toda la semana con Crazy Quilt y el Club de Supercostura. Si a alguno no le gusta lo que hemos hecho, peor para él, ya es demasiado tarde. Sin embargo —añadió, jugueteando con su anillo de Violet Lantern y esbozando una sonrisa irresistible—, estoy segura de que les encantará el resultado.

Dicho esto, tiró de una cuerda que izó las telas azules y dejó los uniformes a la vista. El equipo entero ahogó un grito de asombro.

—¡Star Sapphire, son increíbles! —exclamó Wonder Woman—. Es justo lo que necesitábamos. ¡Gracias!

La Violet Lantern sonrió.

—De nada —dijo—. ¡Lo que sea por el equipo!

Wildcat era el entrenador del equipo de atletismo para el triatlón. Estaba delante de sus integrantes, con la gorra azul de béisbol con las siglas de Super Hero High, SHH, con la visera hacia atrás, repasando las estadísticas y los informes de los competidores que Barbara Gordon le había facilitado y que había conseguido con un programa informático creado por ella misma. Wildcat asintió varias veces mientras pasaba las páginas. De vez en cuando sonreía. En otras ocasiones, fruncía el ceño. En cierto momento, soltó una carcajada.

—¡A ver, atención! —pidió.

Katana enfundó la espada, Beast Boy se volvió humano, Frost templó los ánimos, Hawkgirl se puso firme y Wonder Woman enrolló el lazo.

—Todos están dando un doscientos por cien. Y lo mismo digo del equipo de apoyo compuesto por Bumblebee, Star Sapphire y Barbara —añadió—. Sin embargo, ha llegado el momento de que uno de ustedes dé un paso al frente y asuma el papel de capitán. Como tal, tendrá la responsabilidad de liderar y llevar el equipo adelante... ¿Sí, Wonder Woman, alguna pregunta?

La joven bajó la mano y negó con la cabeza. Sólo quería presentarse voluntaria a capitana.

—Si hay alguien que quiera ser tenido en cuenta para ocupar este distinguido puesto... ¿Sí, Wonder Woman, alguna pregunta?

La superheroína bajó la mano y volvió a negar con la cabeza. Una vez más, sólo quería presentarse voluntaria a capitana del equipo.

—Ejem... —prosiguió Wildcat, quitándose la gorra de shh y rascándose la cabeza—. Como iba diciendo, si hay alguien que quiera ser tenido en cuenta, estaremos encantados de conocer su opinión.

Los miembros del equipo intercambiaron una mirada entre ellos y, acto seguido, se levantaron. Wonder Woman miró a su alrededor e hizo lo mismo.

—¡Bien! —exclamó Wildcat—. Todos son líderes natos. Sin embargo, estamos buscando un líder entre líderes. ¿Quién quiere hablar primero? Explíquenme por qué creen que son la persona indicada para este puesto y luego elegiremos al capitán del equipo entre todos.

Katana fue la primera.

—Yo puedo atajar cualquier problema —aseguró, blandiendo la espada.

—Si soy su capitán, ¡les doy mi palabra de que los demás colegios no sabrán lo que está pasando! —prometió Beast Boy, transformándose en toda una serie de criaturas en menos de diez segundos.

—Yo mantendré la cabeza fría bajo presión —afirmó Frost, mientras hacía que llovieran carámbanos.

—Wonder Woman —dijo Wildcat—. Te toca.

Wonder Woman se puso delante de los entrenadores y sus compañeros. Pensó en lo que le había dicho su madre, que era la embajadora de Paradise Island, y había llegado el momento de defender su puesto como embajadora de Super Hero High ante el mundo.

—Sería un honor liderar este equipo hacia la victoria —empezó.

Frost entrecerró los ojos. Beast Boy se transformó en un mono y empezó a rascarse una axila. Katana se puso a afilar la espada. Wonder Woman se fijó en que Cheetah fisgoneaba desde detrás de un árbol.

—Todos tenemos poderes —prosiguió—, unas increíbles facultades y un potencial enorme, pero ninguno de nosotros es lo bastante poderoso por separado como lo somos cuando actuamos en equipo. El Supertriatlón es una competición de equipos. No se trata de buscar la gloria personal, sino de demostrar qué son capaces de hacer los alumnos de Super Hero High unidos.

»Sé que les han repetido muchas veces lo que no pueden hacer. Pues bien, yo estoy aquí para decirles lo que sí pueden hacer: pueden aceptar al superhéroe que llevan dentro, volar más alto, correr más rápido, luchar con mayor fiereza y ser más listos. Y todo eso lo podemos hacer juntos. Somos el equipo de Super Hero High, y si salgo elegida como su capitana, prometo hacer todo lo que esté en mi mano para hacerlo realidad. Porque creo en ustedes. Creo en nosotros.

★

La última semana pasó en un abrir y cerrar de ojos. Como capitana del equipo, Wonder Woman no sólo se aseguró de que todo el mundo entrenara duro, sino también de que pararan para relajarse y descansar.

—Me encanta esta música —dijo Katana, apoyada en un árbol mientras partía manzanas Poison con la espada para el equipo—. Tiene mucha fuerza. ¿Quién es?

—Es de una prometedora violinista llamada Virtuoso —contestó Wonder Woman, sonriendo al recordar a Mandy tocando el violín en su habitación.

Justo en ese momento, la directora Waller se acercó a ellos.

—Relájense, sólo he venido para decirles lo mucho que aprecio el duro trabajo que están haciendo —dijo—. Mañana por la mañana, desfilaremos por el LexCorp Super Triathlon Arena, y mañana por la noche sabremos qué colegio se lleva a casa el título del campeonato.

»Ocurra lo que ocurra —prosiguió la directora Waller—, ya son campeones. Quería que lo supieran. Ya me conocen, no suelo ser muy dada a los halagos —todo el mundo asintió con la cabeza, incluso los profesores—, por eso pueden estar seguros de que son sinceros. Y también soy sincera cuando digo que estoy orgullosa de todos y cada uno de ustedes. Son un gran reflejo de Super Hero High. Descansen esta noche todo lo que puedan y buena suerte. Mañana será un gran día.

CAPÍTULO 24

No dejaban de llegar autobuses, coches, aviones, mochilas cohete, incluso las típicas naves espaciales, al estacionamiento que había junto al inmenso LexCorp Super Triathlon Arena.

Los equipos se dirigieron a los túneles que recorrían el subsuelo del estadio, algunos con pinta de nerviosos, otros de enfadados. Wonder Woman y sus compañeros estaban tranquilos y parecían bastante seguros de sí mismos, todos ellos iban uniformados con los trajes que había diseñado Star Sapphire. La propia Star Sapphire llevaba una chaqueta inspirada en el uniforme del equipo, igual que su ayudante, Golden Glider, que se había puesto además una camiseta donde se leía LIVE y una falda que lanzaba destellos a juego con los patines. Bumblebee lucía un conjunto deportivo nuevo, con la insignia del colegio en la espalda. Todos debían sentirse cómodos en su papel. Y a pesar de que Hawkgirl era una suplente, también vestía el uniforme del equipo, lista para saltar a la arena en cualquier momento.

El equipo de CAD Academy pasó junto a ellos, con sus

uniformes de color rojo metálico. Captain Cold dirigió una sonrisa burlona a Star Sapphire, miró a Golden Glider de arriba abajo y, como quien no quiere la cosa, empujó a Bumblebee, a quien se le cayeron las armas de repuesto que llevaba, que acabaron desperdigadas por el suelo.

—¡Eh! —protestó la superheroína, dirigiéndose a Captain Cold, mientras Heat Wave y Ratcatcher no paraban de reír—. ¡Eso no ha tenido gracia!

—¿Ah, no? —se burló Heat Wave, buscando pelea—. ¿Quieres ver algo gracioso de verdad?

Antes de darle tiempo a iniciar un enfrentamiento, Katana blandió la espada.

—Para ya, Heat Wave —ordenó la única chica del equipo de CAD Academy.

—¿Por qué, Magpie? —protestó él—. Lo tengo todo controlado.

—Lo solucionaremos en el campo —dijo la chica, y sus labios se curvaron en una sonrisa maliciosa.

Wonder Woman se interpuso entre los dos.

—Resérvate para la competición, Katana —recomendó a su amiga—. Si pierdes los nervios ahora, todos quedaremos descalificados.

La superheroína asiática echaba chispas por los ojos, pero bajó la espada.

—Nadie hace daño a mis amigos —dijo, rechinando los dientes—. ¡Nos veremos en el campo! —le gritó al equipo de CAD Academy.

Ratcatcher ya había derribado a alguien de Stalwart Secondary, y el resto del equipo estaba burlándose de la mascota de Pluto Prep, mientras coreaban lo de «Live evil!».

En ese momento apareció Harley a la carrera, cámara en mano. La lucecita roja de grabación parpadeaba.

—¿Me he perdido una pelea? —Al ver que nadie contestaba, dirigió la cámara hacia su compañera de cuarto—. Wonder Woman, en menos de una hora liderarás al Super Hero High en una competición contra los mejores equipos del universo. ¿Cómo te sientes?

—Me siento genial —contestó, mirando directamente a la cámara, como le había enseñado Harley.

—¿Quieres enviarles algún mensaje a los demás colegios?

—¡Sí! Al resto de competidores, incluida CAD Academy, ¡les deseo buena suerte! ¡Disfrutemos de un Supertriatlón limpio y justo!

—Lo has dicho en serio, ¿verdad? —le preguntó Lois Lane cuando Harley se alejó para averiguar si era cierto el rumor de que Superman había hecho acto de presencia. Superman había competido en el Supertriatlón cuando iba a Super Hero High.

Wonder Woman asintió.

—Por supuesto.

—Eso me ha parecido —dijo Lois—. Necesito una frase tuya para *Super News*, pero antes tengo algo para ti.

La superheroína se quedó helada cuando su amiga periodista le tendió una nota. Casi había olvidado que alguien quería verla fracasar.

—Ábrela —la animó Lois, que no parecía preocupada.

Despacio, Wonder Woman desdobló el papel. El mensaje estaba escrito con letra clara y mayúscula. A medida que leía, su sonrisa se ensanchaba. La nota decía:

Que tengas mucha suerte, Wondy. Espero que les vaya muy bien a tu equipo y a ti. ¡Estoy con ustedes! Me toca trabajar, pero los veré por la tele. Ganen o pierdan, pasen por el Capes & Cowls Cafe a tomar un batido gratis, ¡cortesía de la casa!

Soy Steve (Trevor) de Capes & Cowls Cafe, el chico de los brákets.

Wonder Woman y sus compañeros calentaban en el vestuario y centro de control, equipado a la última, sin poder apartar los ojos de los monitores de televisión que forraban las paredes. Una multitud de superhéroes desfilaba, se deslizaba y volaba por la alfombra roja de camino hacia sus palcos aéreos VIP que se suspendían sobre el LexCorp Arena. Distintos canales de televisión e internet se daban codazos para obtener las mejores entrevistas, pero ninguno de ellos era tan agresivo, o tenía tanto éxito, como el de Harley Quinn, la HQTV.

La chica estaba entrevistando al mayor héroe de los últimos tiempos, Superman.

«Bueno, evidentemente animaré a mi *alma mater*, Super Hero High —decía—. He oído que el equipo de este año es uno de los mejores de toda su historia.»

Wonder Woman sintió que la invadía una cálida sensación. Y no sólo se debía a los implacables abdominales que Wildcat había impuesto al equipo o a los estiramientos de piernas que estaba haciendo en ese momento. Se detuvo en seco y levantó la vista al oír una voz familiar.

«Me llamo Hippolyta, y soy la reina de las guerreras amazonas de Paradise Island.»

«¿Con qué equipo va? —quiso saber Harley—. ¿Y por qué?»

«Con el equipo de Super Hero High, ¿con cuál si no? —contestó Hippolyta, como si le hubieran hecho una pregunta absurda—. Mi hija, Wonder Woman, es la capitana, y estoy muy orgullosa de ella. Me ha demostrado que sabe vivir su vida y lo está haciendo muy bien. Para mí es un ejemplo, sin duda.»

Wonder Woman sintió que se le formaba un nudo en la garganta; sin embargo, antes de que ese nudo acabara ahogándola, Wildcat gritó:

—¡Vamos! Equipo de Super Hero High, ¡todo el mundo en fila para el desfile de los superhéroes! ¡Ha llegado la hora!

La compleja ceremonia inaugural del Supertriatlón superó con creces los sueños de Wonder Woman. Claro que era de esperar tratándose del centenario del evento. Cuando los miembros del equipo de Super Hero High entraron con paso elegante en el LexCorp Arena, la All-Stars Symphony tocaba los majestuosos compases del «Canto de los vencedores», el tema oficial del Supertriatlón. El público recibió a Wonder Woman, Katana, Beast Boy y Frost con un rugido. Todos ellos saludaron a la vez y coordinados, como habían practicado, antes de dirigirse a sus asientos, situados en la tarima de mármol verde que ocupaba el centro del campo.

El estadio era gigantesco, y unos videos descomunales se emitían en el cielo para los espectadores y superhéroes que no disfrutaban de supervisión. Los comerciantes más avispados aprovechaban para vender las gafas especiales Super de Duper de recuerdo, dos por el precio de una. Los recuerdos de colegio, como escudos de plástico, capas o antifaces, y los popularísimos botellines de zumo energético también tenían mucha salida. Por todas partes se veían camisetas con algunos de los competidores en poses típicas de superhéroe.

La mayoría de las cadenas de televisión emitían la competición en directo y la retransmitían a más de veinte planetas. Además, claro, de los arribistas como la HQTV, que en pocos meses se había convertido en el canal de internet de referencia en cuanto a superhéroes adolescentes se trataba.

Como era aburrido ver a los superhéroes adolescentes hacer exámenes escritos durante la parte académica de la competición, los organizadores habían preparado un concurso de karaoke en el que podía participar el público. Las semifinales del concurso habían tenido lugar antes del Supertriatlón, y las finales se celebrarían en directo. En un giro que gustó a los espectadores, todos los finalistas eran dúos. En el estrado estaban Black Orchid y Firestorm, Thunder y Lightning, y los favoritos del público, Green Arrow y Black Canary.

Wonder Woman oía los compases de la música que se colaba por debajo de la puerta de la Sala de Exámenes Silenciosa, donde los equipos realizaban las pruebas escritas. Liberty Belle había preparado bien a sus alumnos en todo lo referente a las hazañas, relatos y leyendas de la historia de los superhéroes. Sin embargo, todo el mundo sabía que el equipo de Interstellar Magnet les sacaría ventaja en la parte académica de la competición. Wonder Woman flexionó los músculos y se puso manos a la obra.

Después de entregar los exámenes, nueve de los cincuenta equipos fueron descalificados por hacer trampas (estaba prohibido leer la mente en la sala de exámenes). A los cuarenta y uno restantes se los envió al Centro de Entrevistas para poner a prueba su capacidad de comunicación. Todos los superhéroes sabían que la manera en que se desenvolvieran en público formaba parte de su legado y leyenda. Por muy superhéroe que fueras, si no se te entendía o te hacías un lío durante la entrevista, tu popularidad caía en picada.

Se entrevistaba a todos los miembros del equipo por separado, aunque las preguntas eran las mismas:

1. ¿Por qué quieres ser un superhéroe?
2. ¿Qué puedes hacer por el mundo?
3. Si fueras un árbol, ¿qué árbol serías?
4. ¿Cuál es tu superhéroe preferido? ¿Por qué?

Cuando le llegó el turno a Wonder Woman, se acordó de sonreír, presentarse y estrechar la mano a todos los jueces.

—No sólo quiero ser una superheroína —dijo—, necesito serlo. Forma parte de quien soy y de mi destino.

—Mi objetivo es ayudar a erradicar el mal y llevar la paz al mundo.

—Un roble.

—Mi madre.

Hacia el final de esta primera ronda, CAD Academy iba en cabeza, después de haber contestado perfectamente las entrevistas. Los jueces habían tomado su arrogancia por seguridad en sí mismos. Como era de esperar, Interstellar Magnet había ganado en la parte académica.

Super Hero High había quedado en sexto lugar en teoría y en un más que honroso cuarto puesto en la entrevista. Podría haberles ido mejor, pero Wonder Woman, sin querer, había estrechado la mano de uno de los jueces con demasiada fuerza y el hombre había gritado «¡Me rindo!», mientras el público estallaba en carcajadas. Por suerte, el punto fuerte de Super Hero High venía a continuación: Aptitud/Poderes, también conocido como la prueba A/P. Teniendo en cuenta que representaba el cincuenta por ciento de la puntuación total de las preliminares, las grandes expectativas y la tensión se palpaban en el ambiente del LexCorp Arena.

CAPÍTULO 25

La ronda preliminar fue rápida. Finalmente fueron diez los equipos que pasaron a la semifinal, entre los que se encontraba el tres veces campeón Intensity Institute. A pocos les sorprendió el resultado de las preliminares, ya que como decía el refrán: «No hay como una buena lluvia de meteoritos para separar los que vuelan de los que caen».

El resto de los colegios con posibilidades, sin seguir ningún orden en particular, eran: Wheeler-Nicholson Prep, CAD Academy, Powers Alternative Education, Cavalier Community Shool, Interstellar Magnet, Stalwart Secondary, Foundation for the Telepathic and Telekinetic Talented & Gifted, Super Hero High y un equipo polémico y creado para la ocasión, formado por superhéroes que se creían demasiado y que estudiaban en casa, procedentes de una zona residencial en la periferia del planeta Bismol, y cuyo distintivo era:

La segunda ronda, la semifinal, añadió emoción a la competición. Esta vez, la entrevista contaba un diez por ciento, teoría un veinte por ciento y la importantísima prueba A/P se llevaba el setenta por ciento restante. La lucha fue dura, y al final tres equipos quedaron descalificados y dos eliminados, claramente inferiores al resto. Muchos acabaron con el cuerpo y el amor propio heridos, y el entrenador de Intensity Institute hizo un coraje de antología antes de exigir un recuento.

«Y ahora, representando a sus colegios en la última ronda del centenario del Supertriatlón anual, la más exigente de todas... —anunció el Presentador Invisible, resonando por todo el LexCorp Arena—: ¡CAD Academy, Interstellar Magnet y... —Wonder Woman contuvo la respiración— Super Hero High!»

Al tiempo que el público estallaba en aplausos y ovaciones, el equipo de Wheeler-Nicholson Prep arrojó sus armas al suelo en señal de protesta y empezó a pisotearlas. A continuación, un grupo reducido de padres descontentos de Cavalier Community School iniciaron una pelea en las gradas y tuvieron que ser desalojados del estadio a la fuerza.

En medio del alboroto y las felicitaciones, los finalistas subieron al estrado. Ratcatcher, Magpie y Heat Wave, de CAD Academy, rebosaban confianza cuando saludaron haciendo una reverencia con la cabeza, gesto que Captain Cold imitó con una sonrisita de suficiencia, sin apartar sus ojos de color azul cielo de Wonder Woman.

Interstellar Magnet parecía que no acababa de creérselo, y los miembros del equipo de Super Hero High se abrazaban entre ellos y saludaban a familiares y amigos, que los animaban desde las gradas, reunidos todos en el mismo lugar.

De inmediato, empezó el espectacular número para amenizar el descanso, en el que participaba «la ultrafamosa superestrella Enchantress, con su inigualable sonrisa y estilo, acompañada de sus 777 bailarines».

Mientras la cantante conquistaba a la multitud con sus encantos, los competidores regresaron a los vestidores para recuperar fuerzas. En esta última y decisiva fase del torneo, el marcador volvía a ponerse a cero. La teoría y la entrevista ya no formaban parte de la competición, ahora todo dependía de la prueba A/P.

Nadie sabía qué les esperaba fuera, sólo que los pondrían a prueba como nunca. Un año habían enviado a los equipos a planetas lejanos que no aparecían en las cartas de navegación con el cometido de invertir la dirección de su rotación gravitacional. Otro año la prueba había consistido en una simple carrera alrededor del mundo, aunque en medio de una lluvia de meteoritos y otros desastres naturales que entusiasmaron al público. ¿Qué les habrían preparado ese año?

—Wondy, ¿quieres decir algo? —preguntó Wildcat.

¿Eh? Wonder Woman levantó la vista. El equipo esperaba. Bumblebee comprobaba las armas por enésima vez, y Star Sapphire y Golden Glider repasaban los uniformes. Cheetah se pasó por allí un momento para dejarles unas bebidas energéticas.

Wonder Woman se levantó y miró a sus compañeros de equipo.

—Son todos increíbles —empezó—. A pesar de lo duro que ha sido, el entrenamiento nos ha unido. Katana, Frost, Beast Boy y Hawkgirl, estoy muy orgullosa de ustedes. Ganemos o perdamos, han dejado muy alto el pabellón de Super Hero High y les doy las gracias por ello. Ahora, ¡salgamos ahí fuera y demostrémosles lo que valemos!

Bumblebee se había tomado su papel de encargada de las armas muy en serio. A medida que los competidores desfilaban por su lado, ella les entregaba un arma o comprobaba su estado. Una espada recién afilada para Katana, unos brazaletes y una tiara pulidos y encerados para Wonder Woman, además del lazo bien enrollado. Las armas de Beast Boy y Frost eran ellos mismos, los poderes innatos que extraían de su interior para defenderse o atacar. Bumblebee hizo que Beast Boy se convirtiera en cinco criaturas en diez segundos y comprobó que Frost era capaz de congelar un fuego antes de dejar que siguieran adelante.

Hawkgirl, el miembro suplente del equipo, llevaba su cinturón de supermetal, recién mejorado, que le permitía volar y aumentaba su fuerza y su visión.

Una vez que Bumblebee les hubo dado el visto bueno, desfilaron por delante de Star Sapphire, quien se cercioró de que los trajes estuvieran en buen estado. Se aseguró de que Wonder Woman llevara el lazo bien sujeto y los brazaletes en los brazos correctos mientras los ojos de color azul cielo de Golden Glider buscaban cualquier desgarrón.

El equipo de Super Hero High ya estaba listo para la competición final. Todo iba muy bien. ¿Seguro? Wonder Woman creyó haber visto que Cheetah se deslizaba entre las sombras mientras el equipo salía al estadio.

El público recibió a los finalistas con un rugido de aprobación a medida que pisaban el campo. Wonder Woman y el capitán del equipo de Interstellar Magnet, Kanjar Ro, se saludaron con un breve gesto de cabeza, mientras que Captain Cold, de CAD Academy, se negó a mirar a nadie, como si todo aquello lo aburriera.

—¿Cómo crees que les irá a nuestros rivales? —preguntó Katana a Wonder Woman con un susurro.

—No tengo ni idea, pero no le des más vueltas. En lugar de centrarnos en ellos, centrémonos en nosotros.

El público ahogó un grito cuando varios modernísimos prototipos de astronaves de la Ferris Aircraft izaron la gigantesca lona negra. Ante ellos apareció una representación flotante de la Tierra, que empezó a expandirse a medida que ganaba altura, hasta quedar suspendida por encima del LexCorp Arena.

El Presentador Invisible esperó a que la gente se tranquilizara.

«En el torneo de este año —empezó—, nuestros jóvenes superhéroes se enfrentarán a los elementos: tierra, aire, fuego y agua. Los equipos irán sumando puntos, y el que obtenga más se proclamará campeón del centenario del Supertriatlón. Además, se elegirá al Supertriatleta de los juegos. ¿Todo el mundo listo para superdisfrutar?»

La multitud gritó entusiasmada.

«¿Qué? ¡No los oigo!», bromeó el Presentador Invisible.

Un rugido estremeció el estadio. Fue tan potente que podría haber alineado alguno de los planetas menores.

«¡Ése es el espíritu! Muy bien, finalistas, seguro que ya lo saben, pero lo repetiré una vez más. No sólo está permitido el uso de sus poderes y armas, sino que se espera que lo hagan. Sin embargo, no deben utilizarse contra sus rivales. Cualquier ataque se traducirá en la reducción inmediata de un punto y en una posible descalificación. ¿Entendido?»

Todos los competidores asintieron con la cabeza, aunque se vio sonreír con sorna a un par de superhéroes de CAD Academy.

—Live evil! —masculló Captain Cold entre dientes, tan bajo que sólo Wonder Woman alcanzó a oírlo.

«¡Bien! —prosiguió el Presentador Invisible—. La competición consta de cuatro etapas, empezando con la que corresponde al elemento tierra. En cada ronda, la puntuación de cada equipo se basará en las cuatro características fundamentales que definen a un superhéroe: estrategia, velocidad, fuerza y habilidad. Y ahora, ¡averigüemos quiénes serán nuestros campeones!»

CAPÍTULO 26

La primera prueba A/P parecía bastante sencilla: los superhéroes adolescentes tenían la misión de trasladar algo. Esta fase final de la competición siempre empezaba igual. En los últimos años, los equipos habían tenido que mover imponentes bloques de granito embadurnados de grasa, un megabarco crucero enterrado en la arena y una flota gigantesca de enormes camiones. Wonder Woman había oído en *Habladurías todos los días*, el nuevo programa de chismes de la HQTV, que tendrían que trasladar una montaña, cosa que cuadraba, ya que la primera parte de la prueba estaba dedicada a la tierra.

—¡Estoy listo! ¡Estoy listo! —no dejaba de repetir Beast Boy, impaciente.

Frost le lanzó una mirada gélida y Katana le pidió que se callara para poder oír al Presentador Invisible.

«Tendrán que trasladar... —en lugar de decir "una montaña", el Presentador Invisible dijo—: ¡¡una topera!!»

La organización dirigió unos focos ultrapotentes hacia el centro del estadio. Cuando el equipo de Super

Hero High vio el montoncito de tierra con su nombre a un lado, se quedó desconcertado. Interstellar Magnet hizo un círculo y empezó a susurrar, mientras que CAD Academy se echó a reír.

«Supertriatletas —tronó la voz del Presentador Invisible—, trasladarán una topera del punto A al punto B sin dejar un solo grano de arena.» A unos sesenta metros de las toperas había una B inmensa con una flecha que señalaba una plancha circular de cromo, el metal más duro del mundo, de tres metros de diámetro.

El Presentador Invisible prosiguió: «Capitanes, levanten una mano si lo han entendido. Gracias. Ahora, ¡que empiecen los juegos!».

Wonder Woman puso su cara de competición y se concentró en la tarea que les habían asignado. Magpie, de CAD Academy, cogió la topera, pero cuando ya la tenía en sus brazos, apareció una nueva en el lugar de la anterior. Cuando Maxima, de Interstellar Magnet, intentó empujar la de su equipo, ésta se desmoronó y la tierra quedó esparcida por todas partes.

El equipo de Super Hero High estudió su montañita. Wonder Woman se inclinó y cogió un puñado de tierra. Al instante, la tierra escupió otro puñado, para sustituirla. Se la quedó mirando y dijo:

—Beast Boy, ¿puedes convertirte en un topo y decirnos qué ocurre ahí abajo?

—¡Pues claro! —Segundos después, Beast Boy salió de la topera—. A los topos no les está haciendo mucha gracia todo esto —les informó—. Están muy orgullosos de su trabajo y no quieren que nadie toque sus toperas.

—Entonces, ¿por qué han accedido a venir a los juegos? —preguntó Katana.

—Les han prometido un año entero de gusanos *gourmet* por participar y una suscripción anual a la revista *Todo sobre túneles* —explicó el chico al equipo.

La capitana asintió. *Todo sobre túneles* era una publicación muy buena.

—Tengo un plan —anunció—. Esto es lo que vamos a hacer...

Wonder Woman volvió a dejar la tierra en su sitio mientras que, a sesenta metros de distancia, en el punto B, Katana utilizaba la parte roma de la espada para levantar la pesada plancha de cromo. Una vez que la puso de pie, Wonder Woman usó el Lazo de la Verdad para mover la plancha de cromo de dos toneladas, bajo la que apareció un círculo de tierra fresca. Mientras tanto, Beast Boy había regresado bajo tierra para hablar con los topos y Frost había utilizado sus poderes para crear un túnel tobogán de hielo de tamaño perfecto para que un topo pudiera deslizarse por él hasta el punto B. Allí, debajo de la flecha, la tierra volaba por todas partes mientras el equipo de Super Hero High animaba a los topos a crear una topera preciosa.

«La primera ronda es para... —anunció el Presentador Invisible— ¡CAD Academy!»

Sorprendida, Wonder Woman echó un vistazo a sus rivales. La topera de CAD Academy descansaba sobre la plancha circular de cromo... junto a una familia de topos enfadados a los que habían obligado a construir una topera por la fuerza con la tierra que habían trasladado.

Captain Cold le sonrió.

—Vaya, han perdido —dijo con tristeza fingida. A continuación, su equipo se echó a reír y se felicitaron entre ellos, mientras los topos lanzaban chillidos de protesta y entornaban los ojos bajo las luces brillantes.

«En la siguiente prueba del centenario del Supertriatlón, ¡nuestra joven élite de superhéroes se enfrentará al fuego!», anunció el Presentador Invisible al estadio.

Maxima, de Interstellar Magnet, parecía bastante abatida mientras los equipos ocupaban sus lugares en el estrado. Su equipo iba en un lejano tercer puesto. Con CAD Academy a la cabeza, Captain Cold se mostraba incluso más engreído de lo habitual. El equipo de Super Hero High se había ganado el segundo puesto de manera indiscutible, e iría incluso más cerca del primero si se hubieran limitado a trasladar a los topos sin mayor miramiento, en lugar de cooperar con ellos. Sin embargo, para Wonder Woman era importante que su equipo respetara a todo el mundo. Además, sólo era el primer reto de la prueba A/P. Aún estaban a tiempo de recuperar los puntos en las rondas siguientes.

Wonder Woman saludó a su madre, que se sentaba en la zona de padres destinada a Super Hero High, y luego se concentró en las palabras del presentador.

«Para la prueba de fuego, los equipos ocuparán sus lugares en el campo. En la zona designada para cada equipo encontrarán un búnker de fuegos artificiales junto a los que les esperan troles del fuego, que les lanzarán bolas incendiarias para prender los fuegos artificiales. Si los fuegos artificiales de cualquier equipo estallan mientras el cronómetro sigue en marcha, dicho equipo perderá la prueba. Si no estalla ningún fuego artificial, contarán como puntos el número de bolas incendiarias destruidas o devueltas a los troles.

»¡Superhéroes, a sus puestos!»

El equipo se dirigía a su zona cuando Wonder Woman se fijó en que Frost y Captain Cold intercambiaban una mirada de pocos amigos.

—¡No lo hagas! —advirtió a su compañera.

—¿A qué te refieres? —preguntó Frost.

—No emplees tus poderes con él. Eso sería un punto menos para nosotros e incluso podrían descalificarte.

—Se cree muy importante —masculló fríamente la superheroína del hielo—. Va, él podrá enfriar lo que sea, pero yo puedo congelarlo.

—Y con eso contamos —dijo la capitana.

Katana desenvainó la espada, Frost se preparó, Wonder Woman se recolocó los brazaletes y, para deleite del público, Beast Boy se convirtió en un dragón mientras el equipo ocupaba sus posiciones alrededor del búnker de fuegos artificiales.

Los troles del fuego salieron al campo caminando trabajosamente y el público ahogó un grito. Casi nunca se dejaban ver en público, y el último avistamiento confirmado había sido hacía años. Desde entonces, habían ganado peso y parecía que no estaban en forma. Sin embargo, nunca debía subestimarse a un verdadero villano. Aquellos seres rojos y descomunales que goteaban lava casi nunca salían de debajo de sus volcanes. Sin embargo, como el Presentador Invisible explicó: «De acuerdo con el espíritu del centenario del Supertriatlón, todos están dispuestos a pasar a los anales de la historia».

Las bolas de fuego empezaron a llegar sin prisas, pocas al principio, pero aquello sólo fue un calentamiento.

Katana saltaba y giraba sobre sí misma, utilizando la espada para convertir cada bola incendiaria en mil ascuas de un naranja brillante que parpadeaban antes de pulverizarse. Wonder Woman utilizaba los brazaletes para rechazarlas y las enviaba volando a la atmósfera, y Frost las congelaba en el aire, viendo cómo el hielo se fundía y desprendía un humillo donde antes sólo había fuego. Sin embargo, fue Beast Boy quien encandiló al público.

Decidió combatir el fuego con sus propias armas y se transformó en un dragón. Sus rugidos eran capaces de lanzar una llama de quince metros que desintegraba los proyectiles del tamaño de un melón que arrojaban los troles, que no tardaron en agruparse para derribar a Beast Boy.

—¡Frost! ¡Ahora! —ordenó Wonder Woman.

Katana corrió junto a Beast Boy cuando Frost empezó a cubrir el búnker de los fuegos artificiales con capas y más capas de hielo para inutilizarlos. Luego echó una ojeada al equipo de CAD Academy y, como quien no quiere la cosa, lanzó un carámbano a Captain Cold, que lo detuvo con una ráfaga de viento helado antes de devolvérselo y derribarla.

—¡Deja de hacer el tonto y ponte en pie! —le gritó Wonder Woman a Frost—. ¡Katana necesita ayuda!

No había tiempo para terminar de congelar los fuegos artificiales. ¡La espada de Katana estaba ardiendo! ¿Cómo era posible? Estaba hecha del metal más duro de la tierra. Y, sin embargo, estaba en llamas. Frost se apresuró a apagar el fuego con una descarga de hielo, por lo que Beast Boy se quedó solo combatiendo contra los troles. De pronto, se oyó una explosión que iluminó el cielo con un arcoíris de colores: el búnker de fuegos artificiales de CAD Academy se había incendiado. Beast Boy se volvió para ver el espectáculo y una bola de fuego pasó por su lado. Instantes después, el búnker del equipo de Super Hero High también voló por los aires.

Por descarte, Interstellar Magnet ganó la ronda, con lo que volvían a estar en el partido.

CAPÍTULO 27

Wildcat intentaba tranquilizar a Bumblebee, que estaba histérica. Como responsable de las armas, era obligación suya asegurarse de que funcionaban correctamente.

—¿Quién ha sido? —preguntó Katana—. ¡Alguien pagará el saboteo de mi espada!

—No lo sé —contestó Bumblebee, volando en círculos por el vestuario, al borde de las lágrimas—. Tus espadas de repuesto están aquí.

Beast Boy alzó la vista, después de haber engullido varios litros de agua. Ser un dragón escupefuego era agotador.

—Igual no le caes bien a alguien —dijo.

—Igual eres tú el que no me cae bien —respondió Katana.

—¿Puedo ayudar en algo? —preguntó Hawkgirl, mientras se paseaba por la habitación.

—No habrás sido tú, ¿verdad? —dijo Katana, entrecerrando los ojos—. ¡Eres la suplente, y si yo quedo fuera, tú entras!

Hawkgirl resintió el comentario, pero Wonder Woman

se interpuso entre las dos sin darle tiempo a contestar.

—No ha sido ella —aseguró—. Hawkgirl nunca haría algo así. Katana, siento mucho que hayan saboteado tu espada, pero ahora mismo no tenemos tiempo para darle vueltas al asunto. La próxima prueba está a punto de empezar.

La superheroína asiática dio una patada y derribó un bote de basura a propósito.

—Disculpa —dijo, dirigiéndose a Hawkgirl—. Y discúlpame tú también, Beast Boy —añadió, cerrando los puños—. Es que daría cualquier cosa por ganar.

—Tú y todos —aseguró Star Sapphire, que repasaba los uniformes mientras Golden Glider remendaba hábilmente los desgarrones.

—¡En marcha! —gritó Wildcat. Le hizo un gesto a Wonder Woman para que se acercara un momento—. Luego llegaremos al fondo de esta cuestión. Si alguien ha manipulado la espada de Katana, tenemos un problema serio. Me aseguraré de que Bumblebee no pierda las armas de vista. Y como medida extra, le diré a Star Sapphire que la ayude.

El reto de las aguas profundas requirió de mucha estrategia. Ninguno de los equipos contaba con un miembro acuático, por lo que todos se vieron obligados a ingeniárselas. Sin embargo, el equipo de Super Hero High contaba con la ventaja de que Beast Boy podía transformarse. Wonder Woman se alegró de que su madre la hubiera obligado a ir a clases de natación de pequeña, aunque no le gustaba meter la cabeza debajo del agua.

Había tres cofres en el fondo del mar, pero sólo uno contenía un tesoro. El equipo que lograra sacarlo a la superficie ganaría. Sin embargo, los cofres estaban custodiados por ejércitos de Anguilas Eléctricas Eclécticas, es decir, anguilas de tamaños y tonos diversos capaces de electrocutar a cualquiera que entrase en contacto con ellas. Una nave de la Ferris Aircraft transportó a los equipos hasta un mar lejano y los dejó a unos treinta metros de la superficie mientras unos drones equipados con cámaras emitían desde el aire. Los Vehículos Cámara Acuáticos Ferris grabarían debajo del agua.

La batalla fue encarnizada. A las Anguilas Eléctricas Eclécticas les encantaba electrocutar a los competidores, que tenían que subir a la superficie constantemente para coger aire. El equipo de Super Hero High nadaba hacia el cofre del tesoro cuando Katana sacó la espada, la soltó y dejó que se hundiera hasta el fondo. Beast Boy movió la cabeza, desconcertado. La capitana del equipo les hizo una señal para que subieran a la superficie, donde Katana se explicó:

—A las anguilas les atrae el metal. Si llevan algo metálico, quítenselo.

Wonder Woman se quitó los brazaletes, y Frost y ella se montaron sobre Beast Boy, que se había transformado en una tortuga marina gigante. Libres de los ataques de las Anguilas Eléctricas Eclécticas, consiguieron llegar hasta los tres cofres del tesoro antes que los otros equipos. Beast Boy —que en ese momento era una gigantesca ballena azul— se dedicó a estorbar a los demás competidores. Wonder Woman buceó hasta el fondo del mar y recuperó el cofre del tesoro. Lo abrió y vio que estaba lleno de monedas de oro, que atrajeron a las anguilas al instante. En un solo movimiento, vació el cofre y se dio tal impulso, plantando los pies en el fondo marino, que salió disparada del agua. En cuanto estuvo en el aire, continuó volando hasta que regresó al LexCorp Arena, seguida por sus compañeros de equipo.

—¡¿Por qué has vaciado el cofre?! —le preguntó Harley Quinn cuando el equipo triunfador se dirigía a los vestidores, dejando charcos detrás de ellos. Beast Boy seguía chorreando agua por la nariz.

Wonder Woman ladeó la cabeza y se dio unos golpecitos para desalojar el agua que se le había metido en los oídos.

—La prueba consistía en volver con el cofre del tesoro, pero no obligatoriamente con el tesoro —contestó la capitana de Super Hero High.

Bumblebee seguía volando en círculos cuando el equipo entró en el vestuario.

—¿Qué ocurre? —preguntó Wonder Woman. La superheroína estaba al borde de las lágrimas cuando recuperó su tamaño habitual—. ¿Qué pasa? —insistió con delicadeza.

—Tu lazo... ¡ha desaparecido! —dijo al fin Bumblebee antes de volver a hacerse pequeña.

Wonder Woman se quedó helada. ¿Cómo era posible? Lo había dejado en el vestidor por seguridad, ya que no podía utilizarlo bajo el agua. ¿Y ahora había desaparecido? ¡Primero saboteaban la espada de Katana y ahora faltaba su lazo!

—Star Sapphire, mi lazo no está y... —empezó a decir, pero antes de acabar la frase, respiró aliviada al ver a Golden Glider al fondo del vestidor con el Lazo de la Verdad en la mano—. ¡Lo has encontrado!

La superheroína patinadora iba a decir algo cuando Cheetah apareció de la nada. Golden Glider intentó alejarse patinando, pero Cheetah fue más rápida. Se lanzó por el lazo y se lo arrancó de las manos con un rugido.

—¡Suéltalo!

La felina superheroína estaba a punto de huir con el lazo cuando Bumblebee se acercó a ella volando y se lo arrebató para devolvérselo sano y salvo a su dueña.

—¿Cheetah? —dijo Wonder Woman, confusa y muda de asombro.

—Yo... —empezó a decir ella.

—Equipo de Super Hero High, al escenario, ¡ya! —ordenó Wildcat—. Nos ocuparemos de esto cuando acabe la competición.

—¿Cheetah? —repitió Wonder Woman al salir del vestidor.

—No entiendes nada —contestó la ambiciosa superheroína en tono desafiante—. Es que no te das cuenta.

De camino al estrado, Katana le susurró a Wonder Woman:

—Estaba enojada contigo desde que la tiraste y se hizo daño en la pierna. Cheetah ha ido diciéndole a todo el mundo que le has robado su puesto en el equipo.

Wonder Woman negó con la cabeza.

—Fue un accidente —insistió—. ¿Tanto me odia?

Empezó a sonar la música oficial y todos los equipos se volvieron hacia el público cuando el Presentador Invisible empezó a hablar.

«En estos momentos existe un empate entre CAD Academy y Super Hero High. Esta prueba final decidirá el ganador del centenario del Supertriatlón.»

El público se removió en sus asientos con impaciencia. Wonder Woman saludó a Hippolyta, que levantaba un cartel donde decía «¡Vamos, Wonder Woman!» y llevaba una camiseta de su hija. Junto a ella, la abuela de Hawkgirl sujetaba una pancarta que rezaba: «Equipo SHH». «Qué pena que no pueda ver competir a su nieta», pensó Wonder Woman.

«Esta prueba final recuerda a los antiguos juegos que se celebraban al aire libre, pero con un toque a lo súper», anunció el Presentador Invisible.

La última prueba de la competición se disputaría en la pista central del estadio. La expectación era grande, y el público era incapaz de contener la emoción. Algunos superhéroes de primaria acabaron castigados, y hubo que recordar a muchos padres superhéroes famosos que eran un ejemplo a seguir y se les pidió que se calmaran.

Los competidores pusieron cara de extrañados cuando los árbitros les repartieron los sacos de arpillera.

«Los sacos son para que se los pongan», dijo el Presentador Invisible.

Impacientes por iniciar la competición, Ratcatcher y Beast Boy se los colocaron en la cabeza. Wonder Woman y su equipo prestaron atención para saber si los sacos se autodestruirían, se reducirían hasta que les impidieran moverse o si desprenderían un veneno que provocara sarpullidos. Todos se sorprendieron al oír: «¡Hay que meterse en ellos y luego saltar hasta la línea de meta! En el terreno de juego no se permite volar, transformarse ni teletransportarse. Sólo saltar».

—¡Por favor! —masculló Magpie mientras sus compañeros de equipo asentían con la cabeza—. ¿Qué creen que somos? ¿Simples mortales?

A unos dos kilómetros, otro árbitro agitó los brazos

para indicar el lugar donde finalizaba la carrera, a menos de medio metro del borde de un precipicio.

El Presentador Invisible prosiguió: «Deben detenerse al final, si se pasan, quedarán descalificados. Si ven que van a caer por el precipicio, pueden usar sus superpoderes para salvarse, ya sea a ustedes o a sus compañeros, en caso de ser necesario. ¿Entendido? Bien. ¡Todos a sus puestos! ¡Preparados, listos, ya!».

Las gradas estallaron en carcajadas cuando el público vio a algunos de los mejores superhéroes jóvenes de la historia dando saltitos con los pies metidos en sacos de arpillera. Parecía fácil y complicado al mismo tiempo. Justo cuando Wonder Woman creía estar agarrándole el modo, sintió que cambiaba el viento.

—¡Todo el mundo atento al oeste! —gritó a sus compañeros de equipo. Estaba formándose una supercélula gigantesca que se dirigía derecha hacia ellos: ¡dos tornados gemelos! Sin tiempo para reaccionar, de pronto todos se vieron arrancados del suelo—. ¡Aguanten, vamos a dar un paseo!

Los jóvenes superhéroes daban vueltas y más vueltas en el interior del tornado, que los lanzaba unos contra otros, haciéndolos chocar entre sí boca abajo, de lado y de espaldas.

—¡Frost! —gritó Wonder Woman—. ¿Puedes congelar los tornados?

—¡Sí —contestó su compañera alzando la voz—, pero no se nos permite usar los poderes, sólo saltar!

—Eso es sólo en el terreno de juego —aseguró la capitana—, pero ahora mismo damos vueltas en el aire.

—¡Entendido! —dijo Frost y, de pronto, el tornado se transformó en un bloque de hielo en medio del aire.

—¡Katana! ¡Destrúyelo! —ordenó Wonder Woman.

Con un par de veloces patadas voladoras propinadas desde dentro del saco, la superheroína asiática hizo añicos el tornado congelado. El equipo de Super Hero High cayó al suelo y continuó saltando hasta la línea de meta mientras dos miembros de CAD Academy y los cuatro de Interstellar Magnet se ponían en evidencia y se descalificaban ellos solitos al caer por el borde del precipicio.

CAPÍTULO 28

La prueba A/P continuó con un juego de balón prisionero..., pero en lugar de balones normales y corrientes debían utilizar una colección de antiguas balas de cañón. Heat Wave, de CAD Academy, alcanzó con tanta fuerza a Kanjar Ro, de Interstellar, con una bala de cañón que tuvieron que llevárselo en una camilla y su suplente entró en el juego.

Durante la carrera por parejas, en que los superhéroes debían correr con una de las piernas atada a la de uno de sus compañeros, la competición alcanzó niveles épicos cuando intentaron dejar atrás una tormenta de granizo tan gigantesca que acabó convirtiéndose en un tsunami. La ola los arrastró a todos, y cuando el agua se retiró, los súpers se encontraron atados a sus rivales.

Aunque el público estaba pasándoselo en grande, los equipos finalistas no. Aquellos inofensivos juegos humanos de pícnic estaban resultando mucho más difíciles de lo que habían esperado. No los habían preparado para la guerra de globos de agua, con globos llenos de lagartos de río robóticos venenosos.

«Tras esta última prueba A/P de la ronda final, los marcadores están de la siguiente manera —anunció el Presentador Invisible—. En primer lugar, y con un solo punto de ventaja, CAD Academy, seguidos muy de cerca por Super Hero High. Interstellar Academy ocupa un lejano tercer puesto. En cuanto al Triatleta del Año, en tercer lugar tenemos a Magpie; en segundo lugar, a su compañero de equipo de CAD Academy, Captain Cold, y ¡a la cabeza, y con un amplio margen, Wonder Woman, de Super Hero High!»

La superheroína se sintió henchida de orgullo al ver que su madre la vitoreaba. No había nada que deseara más que llevar la medalla de oro a casa. Para eso había estado entrenando.

Bumblebee le envió un abrazo desde la línea de banda, y Hawkgirl la saludó mientras gritaba:

—¡Pueden hacerlo! ¡Vamos, equipo de Super Hero High!

Durante todas esas semanas de entrenamiento, durante todas esas horas interminables de ejercicios, de estudio y de esforzarse hasta el límite, Hawkgirl siempre había estado con ellos. Wonder Woman la miró y vio que su amiga estaba enviándole un beso a su abuela.

«En este juego —dijo el Presentador Invisible— todo el mundo recibirá una cuchara y un huevo.» Sin embargo, Wonder Woman no estaba escuchándolo; pensaba en lo orgullosa que había hecho sentir a su madre y en que sólo estar en el equipo era un triunfo que no olvidaría jamás.

El estadio estalló en aplausos y ovaciones cuando el presentador dijo: «Competidores, a sus puestos...».

—¡Un momento! —gritó Wonder Woman. Se cogió la pierna—. ¡Me he lesionado!

Wildcat, Bumblebee y Star Sapphire corrieron a su lado.

—¿Dónde te duele? —preguntó Wildcat. El resto del equipo esperaba, desconcertado. El público había enmudecido. Hippolyta se puso en pie mientras los espectadores permanecían helados en sus asientos.

—No puedo seguir —dijo la capitana a Wildcat. Había participado desde el principio, esforzándose al máximo, y se había llevado casi todos los aplausos del público. Había llegado el momento de pasarle el testigo a otra persona—. Que entre Hawkgirl.

El profesor la miró a los ojos.

—¿Eso es lo que quieres, Wonder Woman? —preguntó con calma.

—Sí, es lo que quiero —respondió ella sin pestañear.

—Sabes que lo único que tienes que hacer es lucirte en esta última prueba y, por muy mal que lo haga el equipo, serás la Supertriatleta del Año —le recordó.

—Es lo que quiero —repitió Wonder Woman.

Wildcat asintió con la cabeza.

—Muy bien —dijo—. Hawkgirl, ¡dentro!

Bumblebee se aseguró de que su cinturón y sus alas de supermetal funcionaban correctamente antes de dejarla salir. En la carrera del huevo y la cuchara, los contrincantes tendrían que superar diversos obstáculos sin que se les cayera el huevo que llevarían en la cuchara, sujeta entre los dientes. En esta última ronda de la última prueba, valía todo, tanto el uso de armas como de sus poderes.

A Wonder Woman le habría encantado participar en la carrera. Aunque algunas de las otras pruebas habían estado rigurosamente controladas, ésta sería una verdadera batalla campal donde los participantes irían a por todo. Wonder Woman sabía que hubiera podido poner en práctica todo lo que había aprendido en Super Hero High, y que lo hubiera hecho bien. Sin embargo, creía que aquella era la oportunidad de Hawkgirl para demostrarse a sí misma, y a su abuela, lo que valía.

Se sentó en la línea de banda, convencida de que el equipo se las arreglaría sin ella. Eran muy buenos. Por un instante, cuando anunciaron que los huevos contenían aves de presa malignas que romperían la cáscara a la mínima grieta, enderezó la espalda, expectante. Era un reto al que nunca se había enfrentado. Esperaba que Hawkgirl estuviera lista para presentar batalla.

Al principio de la carrera, los equipos avanzaron con suma cautela, procurando que los huevos no se cayeran de la cuchara. Aun así, se iban dando empujones y no tardaron en ponerse a volar, a apretar el paso y a correr, utilizando sus poderes y habilidades para superar a sus oponentes. Captain Cold fue el primero que lanzó su huevo, consciente de que liberaría un ave de rapiña maligna, pero Hawkgirl estaba preparada. Cuando el huevo la alcanzó y apareció el pájaro, lo cogió y alzó el vuelo, todo ello sin tirar su huevo.

Wonder Woman apoyó la espalda en el asiento y observó con satisfacción..., pero de espaldas a la pista. Como vio que Hawkgirl lo tenía todo bajo control, se volvió hacia las gradas para disfrutar de la expresión feliz y orgullosa dibujada en el rostro de la abuela Muñoz al ver que su única nieta competía con la esperanza de llevar a Super Hero High a la victoria.

De pronto se topó con la mirada de su madre. Hippolyta estaba muy seria y, por un instante, la chica se asustó. ¿La habría decepcionado? En ese momento, su madre le dedicó un saludo apenas perceptible con la cabeza y Wonder Woman supo que había hecho lo correcto. Tal vez no fuera la Supertriatleta del Año —al menos de manera oficial—, pero lo que acababa de conseguir tenía mucho más valor.

Al final, Interstellar Magnet se llevó a casa el tercer premio. Un solo punto separaba a Super Hero High de CAD Academy, pero fue Super Hero High el que volvería a casa con la victoria. En el momento de la entrega del trofeo, el público en pie, y en vuelo, dedicó una calurosa ovación a los ganadores. El equipo de Super Hero High se cogió de las manos e hizo una profunda reverencia en agradecimiento por todo lo que se llevaban ese día. Aunque era posible que nadie se sintiera tan seguro de haber ganado como Wonder Woman.

Más tarde, felicitó a Magpie, que fue escogida Triatleta del Año. Sin embargo, tanto ella como el resto del equipo de CAD Academy la miraron con desdén.

—El campeonato tendría que haber sido nuestro —le dijo Captain Cold, como si se tratase de una amenaza.

—Tal vez el año que viene —contestó ella alegremente—. Felicidades por el segundo puesto.

—Live evil! —le respondió Captain Cold con aspereza—. Live evil!

—No, gracias —dijo Wonder Woman.

De vuelta en el vestidor, el equipo celebró la victoria. Todo el mundo estaba emocionado, todos menos Golden Glider, que parecía tener dolor de estómago.

—¡Mira! —gritó Katana con aire triunfal. Empuñaba su espada—. Estaba escondida detrás de los cestos de las toallas. Esa Cheetah... —masculló, asiendo la empuñadura con fuerza—. ¡Me las pagará!

Wonder Woman estaba mirando a Katana blandiendo la espada y cortando el aire y a punto estuvo de darle a Golden Glider, cuando se dio cuenta.

—No ha sido Cheetah —dijo, ahogando un grito—. No lo hizo ella. Golden Glider, ¿puedo hablar un momento contigo, por favor?

—Tú dirás —dijo Golden Glider sin levantar la vista.

—¿Por qué lo has hecho?

—¿Hacer qué?

—Ya sabes de lo que hablo —contestó Wonder Woman—. Las notas amenazadoras. Cambiar la espada de Katana por una peor. Robar mi lazo. Intentar boicotear al equipo.

La superheroína patinadora bostezó y se quitó una bolita de pelusa de la camiseta.

—Live evil —dijo Wonder Woman con tranquilidad. Golden Glider levantó la vista, sobresaltada—. En tu camiseta se lee LIVE —indicó Wonder Woman—. Igual que en la cinta del pelo que llevabas.

—¿Y qué? —replicó Golden Glider, visiblemente incómoda.

—En el reflejo de la espada de Katana, la palabra LIVE se lee EVIL. «Live evil» es el lema extraoficial de CAD Academy. Tu hermano estudia allí, ¿verdad?

—Puede.

—Pues claro... —Wonder Woman asintió con la cabeza. Acababa de entender por qué Captain Cold le resultaba tan familiar. Tenía los mismos ojos azul cielo que la patinadora superheroína... y la misma actitud arrogante—. Pensaste que si saboteabas a nuestro equipo, ganaría el suyo. Lo que no entiendo es que quisieras hacerle eso a tu instituto.

—Déjame en paz —le espetó Golden Glider—. No tienes pruebas.

Wonder Woman cogió el Lazo de la Verdad.

—Lo siento —dijo—, pero necesito saberlo.

Golden Glider se sorprendió al encontrar el lazo enrollado en su muñeca, aunque en lugar de mostrarse fría y distante, parecía triste.

—En mi familia, todo gira alrededor de mi hermano, Captain Cold, y creí que mis padres estarían orgullosos de mí si ayudaba a ganar a su colegio —confesó—. Supe que estarías en el equipo en cuanto llegaste al colegio. Igual que lo supo todo el mundo. Si hubiera conseguido que abandonaras y te fueras a casa, CAD Academy no habría tenido rival y, ahora mismo, yo sería una heroína en mi casa.

—Hay formas mejores de ser una heroína —dijo Wonder Woman mientras recuperaba el lazo.

Golden Glider bajó la cabeza.

—¿Vas a decírselo a Wildcat? —preguntó.

—No, se lo vas a decir tú —aseguró Wonder Woman—. Si tú le explicas que has cometido un error, yo no le contaré nada, ni a él ni a la directora Waller, sobre las amenazas y las notas que me has enviado.

Golden Glider asintió.

—Ahora tengo que ir a hablar con alguien —dijo Wonder Woman.

★

Cheetah estaba sentada con Wildcat en el vacío Lex-Corp Arena. Cuando Wonder Woman se acercó a ellos, el profesor de educación física se levantó y le dio unas palmaditas en la espalda a la superheroína con toques felinos.

—Buen trabajo —dijo.

Wonder Woman no entendía nada. Tal vez Wildcat no era tan listo como ella creía. Se sentó junto a Cheetah y se quedaron mirando la gigantesca cuadrilla de limpieza que recogía la basura hasta que Wonder Woman se animó a hablar.

—O sea que estabas compinchada con Golden Glider —dijo—. Nunca quise hacerte daño. Siento que no entraras en el equipo, pero me cuesta creer que te enfadaras tanto como para hacer algo así... ¿Me odias tanto como para querer ver fracasar al equipo? ¿Como para verme fracasar a mí?

La chica soltó una larga carcajada.

—Si estás en el equipo, es gracias a mí —aseguró. Wonder Woman parecía confusa—. ¿Quién crees que te nominó? ¿Quién crees que estaba en la comisión de estudiantes que ayudó a seleccionar el equipo?

—¿Tú? —preguntó Wonder Woman, sorprendida.

—Sí, yo. No te soporto, pero aún soporto menos perder. Sabía que sin mí, tú eras la mejor oportunidad de ganar el campeonato que tenía el equipo de Super Hero High.

—Pero ¿y mi lazo...?

—Ya, bueno. Waller sospechaba que había alguien en el colegio que estaba espiando para CAD Academy y

245

que quería boicotear los juegos, pero no sabíamos quién era. Wildcat y Waller acudieron a mí y me pidieron que mantuviera los ojos y las orejas abiertas, y que vigilara al equipo por si ocurría alguna cosa extraña. Por eso siempre estaba por en medio. No quería llevarme tu lazo, ¡quería devolvértelo!

Wonder Woman sintió que se le caía el alma a los pies.

—Siento mucho haberte juzgado mal, Cheetah —dijo—. ¿Qué puedo hacer para arreglarlo?

Una sonrisa taimada se dibujó en el rostro felino de la superheroína al contestar con un ronroneo:

—Ya se me ocurrirá algo, Wonder Woman. Me debes una de las grandes, y si crees que no voy a cobrármela, te equivocas, porque algún día lo haré. Te lo prometo.

CAPÍTULO 29

Nada volvió a ser lo mismo para Wonder Woman después de aquello. Aunque ¿desde cuándo todos los días son iguales? Había quedado claro quiénes eran sus amigos, sus enemigos y los que no eran ni una cosa ni otra. Al menos por el momento.

Esa mañana, hubo miles de comentarios sobre ella y el equipo en la página de Harley de la HQTV. Lois Lane había escrito un artículo extenso para *Super News* y el *Daily Planet*. Sin embargo, lo que más interesaba a Wonder Woman era un correo electrónico que había recibido.

Querida Wondy:

Estoy muy orgullosa de ti. Has perseguido tu sueño y te has dejado la piel en la competición delante de todo el mundo.

Que ayudaras a llevar a tu equipo hasta la victoria fue la cereza del pastel.

Me alegro mucho de haberte conocido. Nunca seré una superheroína, pero estoy decidida a perseguir mi sueño y llegar a ser la mejor persona y música posible. Es un honor ser tu amiga.

Con cariño,

MANDY BOWIN, *el Virtuoso*

Cuando Wonder Woman entró en el comedor a la hora del desayuno, todo el mundo se puso en pie y arrancó a aplaudir. Bueno, todo el mundo no. Habían expulsado a Golden Glider. Y, a diferencia de Virtuoso, que había gritado «¡Volveré!», la superheroína se había alejado de Super Hero High patinando en silencio, en dirección a CAD Academy.

Los aplausos se hicieron ensordecedores cuando Wonder Woman saludó y llamó a sus compañeros de equipo, que se unieron a ella, con la cabeza bien alta... hasta que Beast Boy se transformó en un unicornio y empezó a trotar por la sala. Ese día nadie le llamó la atención.

—¡Wondy! —dijo Hawkgirl, abrazándola—. ¡No sabes la ilusión que le hizo a mi abuela verme competir en el Supertriatlón! Dice que ha sido el momento más feliz de su vida.

Ambas chicas se pusieron a dar saltitos, y cuando Hawkgirl paró y recobró la compostura, la capitana del equipo siguió brincando, emocionada por haber contribuido a hacer aquello posible.

—Wonder Woman, quisiera hablar contigo, por favor.

Era la directora Waller.

—¿Sí? —dijo ella en tono alegre.

Waller se aclaró la garganta.

—¿Cómo va la pierna? —preguntó, enarcando una ceja.

—¿La pierna? Bien, ¿por qué?

—Porque ayer te dolía tanto que no pudiste seguir compitiendo y Hawkgirl tuvo que entrar en tu lugar... —le recordó The Wall.

Wonder Woman notó que se ruborizaba.

—¿Estoy metida en un lío? —preguntó.

—Ya veremos —contestó la directora Waller.

Después de que The Wall se fuera, la joven se quedó parada en medio del comedor. Estaba rodeada de los demás súpers, pero se sentía sola. En una de las mesas estaban Katana, Hawkgirl, Poison Ivy y Bumblebee riendo alegremente. En otra mesa, Green Lantern, Cyborg, The Flash y Riddler animaban a Beast Boy a transformarse en un pollo. Lejos, a la izquierda, Cheetah y Frost juntaban las cabezas, cuchicheando, mientras Star Sapphire se limaba las uñas. Harley lo grababa todo.

Wonder Woman adoraba a aquella gente. Super Hero High era su hogar.

La asamblea mensual prometía ser muy animada tras la victoria de Super Hero High en el centenario del Supertriatlón. Mientras la directora Waller hablaba, los profesores ocupaban sus asientos detrás de ella, radiantes de felicidad, como si fueran los propios ganadores. Y, en parte, así era. Los alumnos estaban igual de entusiasmados. Ir a un instituto que hacía historia era algo de lo que estar orgulloso.

—¡Gracias, equipo de Super Hero High! —dijo la directora Waller mientras los miembros del equipo regresaban a sus asientos—. Y ahora tengo un nuevo anuncio: el Héroe del Mes.

Llevó un tiempo que todo el mundo se tranquilizara, profesores incluidos. The Wall esperó. Lo que tenía que decir a continuación debía hacerlo con calma.

—El Héroe del Mes de Super Hero High es...

Wonder Woman miró a su alrededor. ¿Quién sería? Ella no. ¿Cómo iba a serlo después de que Waller hubiera descubierto que había fingido la lesión?

—¡Wonder Woman! —anunció la directora.

¿Eh?

—Wonder Woman, por favor, vuelve a subir al estrado.

Bumblebee la empujó hacia el pasillo mientras todo el mundo la ovacionaba.

—¡Ve! —le susurró.

—Pero...

Wonder Woman escuchó a la directora Waller sin dar crédito a lo que oía.

—La superheroína de este mes ha demostrado su entrega a este colegio, al que ha cubierto de orgullo. Ha demostrado que tiene madera de líder y, lo que es aún más raro, una líder desinteresada que pone a los demás por delante de ella misma. No está aquí en busca de gloria personal, sino en busca de un bien mayor, y para centrar la atención en los demás. Eso es lo que hace a alguien ser un verdadero líder.

Wonder Woman creyó ver que la directora le guiñaba un ojo e intentó reprimir las lágrimas durante la proyección del video. Todos, compañeros y profesores, hablaban de lo mucho que la admiraban. Incluso Cheetah, que dijo: «Odio que me caiga bien, pero a veces no puedo remediarlo. ¡Espera! ¿He dicho yo eso?».

Cuando volvieron a encender las luces, la directora Waller prosiguió.

—Muy bien, Wonder Woman, tu primer cometido como Heroína del Mes será enseñarle las instalaciones a la nueva incorporación a Super Hero High. ¡Ah, por ahí viene!

Todo el auditorio, Wonder Woman incluida, se volvió hacia el fondo de la sala. Una chica de cabello rubio volaba hacia el estrado con una maleta destartalada y una sonrisa radiante. Sin embargo, en lugar de detenerse, pasó rozando la coronilla de varios profesores antes de estamparse contra la pared y caer de bruces al suelo.

Sin inmutarse, se levantó de un salto, se estiró la falda roja, se quitó el polvo de la corta capa —¡una capa corta, qué buena idea!— y luego corrió hacia Wonder Woman. Tropezó un par de veces, pero lo solucionó de un salto, como si no hubiera pasado nada. Los ojos le brillaban cuando le tendió la mano.

—¡Soy una superhipermegafán! —exclamó entusiasmada—. Estoy taaan emocionada de conocerte, Wonder Woman. ¡Espero que seamos amigas! ¿Lo seremos? ¡Por favor, di que sí!

—Sí, claro —contestó ella sonriendo—. ¿Cómo te llamas?

—Ah, ¡vaya! —Los ojos azules de la chica brillaron de alegría y se echó a reír—. Claro, tendría que presentarme... ¡Me llamo Supergirl!

Continuará...

Mieke Kramer

La primera novela de Lisa Yee, *Millicent Min, Girl Genius*, ha sido galardonada con el prestigioso Sid Fleischman Humor Award, y ya cuenta con cerca de dos millones de ejemplares publicados. Otras novelas de la escritora dirigidas a jóvenes son: *Standford Wong Flunks Big-Time*; *Absolutely Maybe*; *Bobby vs. Girls (Accidentally)*; *Bobby the Brave (Sometimes)*; *Warp Speed*; *The Kidney Hypothetical, Or How to Ruin Your Life in Seven Days*. Lisa Yee también es autora de la serie Kanani de American Girl, *Good Luck, Ivy*, y de la serie 2016 Girl of the Year.

Lisa ha sido escritora residente del Thurber House Children's, y sus libros han sido seleccionados como mejor lectura de verano por la NPR Books y como mejor lectura de verano para niños por *Sports Illustrated* y Critics' Pick de *USA Today*, entre otros.

Para más información sobre la autora, visita: LisaYee.com.

Las aventuras de Wonder Woman en Super Hero High de Lisa Yee
se terminó de imprimir en julio de 2017
en los talleres de
Litográfica Ingramex, S.A. de C.V.
Centeno 162-1, Col. Granjas Esmeralda, C.P. 09810,
Ciudad de México.